林良作品集
05

鄉情

經典紀念珍藏版

林良

《鄉情》新版本的序

回想當年寫《鄉情》，是因為想念我的老家廈門。我的安樂童年，都在廈門度過。後來中日戰爭爆發，我們一家人的逃難流離，淪為難民，也是以廈門為出發地點。所以我對廈門老家，總是念念不忘。

我問過我自己，懷念廈門老家是懷念它的景物，還是懷念生活在那裡的人物。答案是兩樣都有。如果懷念也可以用分量來衡量，那麼人物的分量似乎又比景物多些。

我開始注意到懷念的神奇功能。懷念能縮短空間距離，把相距幾百公里、甚至上千公里的距離搬到眼前，使空間距離不再存在，完全失去意義。

我也發現懷念的另外一項神奇功能，就是它能使發生在幾年前、甚至幾十年前的事情，彷彿就發生在昨天。它使時間的距離也失去了意義。我因此寫下了兩句話。前一句是：凡是曾經發生過的事情，永遠不消失，時間不一定有意義。後一句是：凡是曾經跟你相遇的人，永遠不再離去，空間不一定有意義。

我寫《鄉情》這本書的地方是家裡的「月光小屋」。我們剛擁有這一棟房子的時候，發現後院的圍牆邊有一個小房間，是給傭人住的。我們不雇傭人，那房間就成為我夜間躲起來寫作的房間。地方很小，但是不受干擾。寫到半夜，有些寂寞，隔著紗門向後院裡看看，常常看到的是地上的月光。因為這樣，我就把我用來寫作的小房間叫作「月光小屋」。

我在「月光小屋」裡，每天晚上寫一個故鄉人。他們有的是我的親人，有的是看我長大的鄰人。寫著寫著，就這樣不知不覺的寫成了一本書。

《鄉情》這本書，是一本長壽的書。我在三十二年前把它交給「好書出版社」出版。「好書出版社」的第一版印行十刷以後，又重新排版一次，稱為第二版。十七年前，「好書出版社」停止發行業務，把書交給「麥田」出版，重新排版，設計新封面，稱為第三版。現在，「麥田」又要進行製作的版本，改換新的封面，稱為「新版」，就是現在這個版本。

一本書的改變，都應該對讀者有所說明。這就是我寫這篇《鄉情》新版序的原因。

新版《鄉情》還有一個改變，就是「作者姓名」的部分。以前我的散文集，作者署名都採用筆名「子敏」。只有兒童文學寫作的署名，才採用我的本名「林良」。這個作法，造成許多讀者都以為「林良」和「子敏」是兩個不同的人。因此，從這個版本開始，我的作者署名也都一律改稱「林良」，我也不再是一個有兩個名字的人了。

希望我的讀者繼續愛護我，包容我。也希望《鄉情》能有更多的知音。

很感激我的一位好朋友曾經用下面一句話祝福我。他說：「《鄉情》很好看。一定會有更多的讀者成為它的知音。」

二〇一四年十一月寫於臺北

山川歲月兩隔離——《鄉情》第三個版本的序

十五年前寫《鄉情》這本書，是因為想起自己的童年。在童年，我們用純真的眼睛看世界。回憶童年，我們除了再看到純真的眼睛所看到的世界以外，我們還會把自己安置在「回憶的圖畫」裡；我們竟能看到自己。這個「自己」，初次在回憶中出現，成為很新鮮的寫作題材。

構成我們的童年的，除了我們自己，還有一群生活在我們周圍的人；除了我們自己，還有我們感到親切的山山水水、車車船船、大街小巷、高樓矮房。沒有人物，沒有山水，我們就寫不出童年。

當年，在每一個可以安心寫作的靜夜，我常常走進我簡陋的書房「月光小屋」，用我的筆懷念一個故鄉人，重溫令人心動的童年往事。無心寫書，卻寫出了四十篇散文。出現在這四十篇散文裡的，竟有三十六個故鄉人。

寫這些稿子的那些日子，海峽兩岸是隔絕的。想起自己離鄉已經三十多年，想起臺北和老家廈門隔著一個波濤洶湧的海峽，就會有「山川歲月兩隔離」的茫然，心中湧起陣陣的鄉思。就因為這樣，後來這些稿子結集出書的時候，就把書名題為《鄉情》。

《鄉情》最初是交給「好書出版社」出版。第一個版本印了十刷以後，為了保持字跡的鮮明，全書重新排版，成為第二個版本。第二個版本印了六刷以後，原本具有實驗性質的「好書出版社」完成了實驗，決心為《鄉情》這本書找一位好保母。這位富有朝氣的好保母就是「麥田出版」。「麥田出版」又為《鄉情》重新排版，設計新的版式和封面，就成為現在這個第三版本。

新版本的《鄉情》，除了保留原序作為紀念以外，當然還應該有一篇新序，一方面表示「迎新」，一方面也是為《鄉情》的生命史立一個新的里程碑。

如果這篇新序還可以兼作作者的感謝辭來看待，那麼，我應該感謝的是「麥田」領養《鄉情》的美意，以及讀者對《鄉情》的那一份情意。

一九九七年八月在臺北

永遠不消失——《鄉情》的序

凡是曾經發生過的事情，永遠不消失。時間不一定有意義。如果你能發現時間的沒有意義，你就能肯定生命的不朽。

凡是曾經跟你相遇的人，永遠不再離去。空間不一定有意義。如果你能發現空間的沒有意義，你就能肯定情感的不朽。

要是這一切都那麼容易隨著時間的流逝而漂失，那麼容易因為空間的隔離而淡忘，那麼，人類的心靈豈不就像一塊僵硬冰涼的螢光板，什麼也留不住？我知道心靈不是一塊板。心靈容得下所有的時間，所有的空間。因此，所有曾經相逢的人，所有曾經發生過的事情，每一個，每一件，永遠活躍在我身邊。

幼年、童年、少年、青年，對我來說，並不是我的「過去」而是「現在」。這並存的現象，並沒經過一種可以叫作壓縮的過程；相反的，是擴大。這擴大，是生命的擴大。生命的擴大不必等「將來」，如果你肯作一次更實際的檢視，你就可以知道「過去」早已經為你擴大了多少。你沒法子不加以珍惜。

不是沒有人含笑提醒過我：『你的父親已經去世好幾年好幾年了。』我知道這個事實，父親去世的時候比我現在還年輕。可是我也知道另外一個事實：父親一直在我身邊。這是一種真確溫暖的感覺。在我為惱人的事情所困擾的時候，我會很想去樓下走一趟，因為我感覺到他應該是在我現在的住宅的樓下。我會走到樓下我的臥室門外，因為我感覺到我現在的臥室應該是他的臥室。然後，我會開口說：『爸爸，我……。』因為他一直跟我生活在一起。這完全是一個事實，因為那感覺本身是一個事實。

我的母親健在，卻生活在臺灣海峽西邊的大陸，生活在團圓無期的愁雲籠罩之下。可是我在女兒的性格上，在孩子們的「媽媽」對我的體貼關懷中，感覺到母親像往日，就住在我現在的家裡。她有一個有香氣的房間，房間裡有她喜歡的《紅樓夢》和《浮生六記》。那房間，也在我家裡。當生活裡有風雨的時候，會有一股那麼堅強的柔弱，那麼柔弱的堅強的力量，圍護著我。我知道，那是母親，就在我家裡。當我洗過澡，換上乾爽有太陽香氣的內衣的時候，我會把孩子們的「媽媽」那一雙勤勞的手，看成母親的手。少年時代一天要說好幾次的那句話會溜到我嘴邊：『媽媽，謝謝。』

不只是父親還在世，不只是母親就住在我的家裡，還有一群親切的鄉人。這些親切的鄉人，在我心中，建立了一個永恆的純真厚道的社會。他們是看我長大的一群，有的現在應該是一百零一歲，有的比我年輕。他們住在海峽的另一邊。我不能否認，兩個經度的空間，三十年的時間，是一種距離。但是，對我來說，空間和時間的隔離並沒有多大的意義，因為，曾經發生過的事情永遠不消失，曾經相逢過的人永遠不分開。親切的鄉人，從來沒離開過我。我走在臺北的衡陽路就像童年走在廈門的中山路。每一個對我含笑點頭的人，彷彿都是當年呼我小名的鄉人的化身。『阿良，阿良！』這樣的呼喚值得拿千金去交換。

陽光、潮聲、船影、港灣、沙灘、花樹：時常從永恆裡湧回我心中的不只是這風景，所謂「鄉情」，所以難忘，是對風景裡的人的牽掛。

儘管，往日他們給我的溫暖人生的感覺，今天還在，但是，我渴求的更多。雖然我不能再像往日一樣跟我的鄉人親切交往，卻希望往日的親切交往至少從頭再呈現一次。我選擇了最適合往事活躍的時刻——靜夜。我選擇了最適合讓往事呈現的方法——寫作。每一個星期六的深夜，我把自己關在我的「月光小屋」裡，提筆，凝神，跟一位鄉人重聚。我並不約束自己的感情，該嘴角湧起笑意的時候就讓嘴角湧起笑意，該眼眶發熱的時候就讓眼眶發熱。這樣，在將近四十個星期以後，我發現我差不多寫成了一本書——就是你看到的這一本《鄉情》。這是一本穿越時間和空間的書，把過去和現在融合成一體。

完成了這樣一本書，從某一個角度看，我當然應該十分珍惜，因為它是我心血的結晶。不過，一個人的「心血結晶」對別人並不就產生了意義。我想，我的寫作所以能持續了四十個星期，主要的是心中有一個堅定的信念，那就是世人所說的：「人心是肉做的」。我要為這個信念作表達。我希望天下人不因為遇到過惡人就忘了寬恕，不因為「人」曾經使他害怕過，就痛恨全人類。你應該相信人性的善良，而且要堅信不疑。因為愛文學，我也是一個喜歡閱讀《聖經》的人。我相信《聖經》裡所說的「迷途的羔羊」，正是你心目中無法原諒的惡人——他偏離了高貴人性的航道，迷失在虛幻的濃霧裡。我相信人間只有惡念，並無惡人。我相信善念對人有永恆的吸引力。善念不但可以豐富自己的人生，也能豐富別人的人生。這本書，並不代表我的「寬恕」，真正期待寬恕的是我自己。這本書，代表的是我的「感恩」。

我的前四本書：《小太陽》、《和諧人生》、《在月光下織錦》、《陌生的引力》，都是由「純文學出版社」出版的。我跟純文學出版社關係的密切，也是我的讀者都知道的。現在這本書卻交由「好書出版社」出版，難道是我除了「純文學」那樣關係密切的出版社以外，還有關係更密切的出版社嗎？這是一個應該回答的問題。我只好透露，這是因為好書出版社的負責人是我的女兒櫻櫻，她是念圖書館系的。

這幾年來，出版界最令人惋惜的一件事，就是因為大部頭書的出現而得了嚴重的「胃擴大症」。出版者已經完全把「出版」和「暴發」當作一件事看待，極端輕視從前那種可愛的，小小的，量力而為的，珍視「一本書」的，充滿人情味的「迷你」出版活動。我是一個例外。我肯定出版界的大企業形態，但是並不排除，甚至可以說是十分珍視出版界裡像是閃爍的金星那樣的把「一本書」當作一件工藝品來處理的「業餘精神」。我認為這業餘精神所追求的「質的美」，比大刀闊斧的企業精神所追求的「量的美」更加動人。實驗的，創造的，沒有「頭寸壓力」的業餘出版，仍然值得鼓勵。

我把我的書交給好書出版社出版，就像我業餘為我所愛的報館熬夜寫稿一樣，含有一個純真的動機，那就是「好玩兒」。我的「好玩兒」，對好書出版社來說，也許會變成「不好玩兒」。不過，那情形不會很嚴重，因為我已經說過，那是一個沒有「頭寸壓力」的出版社。它剛誕生，還沒發展到有一個「企業企圖」。

我的習慣是，每一本書出版的時候都要自己提筆寫一篇序。我的感觸是，我為我的第四本書《陌生的引力》寫序的時候是民國六十四年，現在為第五本書寫序，竟已經是民國七十一年了。這七年過得真快。七年前，我做夢也想不到，我竟會在七年後的今天，把一部本來要交給「純文學」出版的書稿，交到女兒的手裡，說：『交給你出版吧！』從這件事看起來，我好像已經「很老」了。

當然，我真正的心情並不是這樣，我仍然覺得很愉快、很自豪。我可以讓她分享我的出書經驗。我仍然可以「教」她，仍然是一個父親，像在她小時候一樣。

一九八二年一月一日

鄉情

目次

卷二 牧羊人

卷三 穿輪鞋的孩子

卷四　想起那個島

卷一

離鄉

離鄉

那年離家，是在深冬，我四點半起床，窗外隱隱看到黑色的樹影隨風搖動。擰開電燈，先映入眼簾的，是昨晚捆紮好的行李，上面有白布條，寫著我的名字。我悄悄開門到廚房用涼水草草的洗臉刷牙。天氣很冷，心裡的感覺也是冰涼的。回到屋裡，妹妹已經醒了，低頭在穿鞋子。她低聲告訴我今天送我上船。小弟也揉揉眼睛跳下床來，他永遠不肯穿皮鞋，冬天也寧願光著腳丫子挨凍。我知道他起來做什麼。他很倔強，有清寒家庭子弟的本色。我感激他為我早起，不忍阻止他，並且知道阻止也沒有用。三個人的影子照在空洞沒有一點裝飾的白牆上，使我想起應該在場的二弟。他因為要回到外縣去工作，三天前走了，昨天來信說：『不能送你，也許是幸運，你知道我會受不了的。』為了生活，我們離別過一年，他回家沒能見到我，我回來他又走了，這種遺憾，僅僅靠他那一封短信作為補償。四個年輕的兄妹，自從父親去世以後，沒有真正團圓過一次，將來，更難了。

妹妹出去喊人力車。小弟坐在籐椅上，眼皮低垂，他實在還沒有睡醒。車夫進來搬行李，小弟默默跟出去照顧。素來早起的母親沒有下床，用被窩蒙著頭，朝裡睡著。我掀開被角，在她耳邊低聲說：『媽，我走了。』不覺把一滴淚滴在她的面頰上。她用一陣啜泣代替應該有的祝福。我拖著沉重的腳步走出大門，院子裡兩盆瑟縮的菊花，在晨風裡顫著，這是我看到的老家的最後一面。妹妹是最後一個離開房間的，紅著眼圈交給我剛才告別遺落在母親身邊的船票。

我沒有得到母親的祝福就離家，這會使遊子心碎的。妹妹看出我眼裡的哀怨，雖然這哀怨是有罪的。她其實已經帶來母親的囑咐，然而她所能說的是：『媽叫我告訴你，她說……。』妹妹用手背擦著眼。我真想奔跑回去，跪在母親床前。

我們平日不常坐人力車，所以我只願意讓車子載著我的行李。妹妹堅持要我也上去。她跟弟弟在兩邊步行。人力車下坡的時候，我高高坐在上面，看見我的弟妹跟著車夫急跑，不禁一陣悲憤，從車上跳下來。我責備了無辜的車夫，我極想鞭打他。我們三人隨著行李車向港口奔跑，身上都出了汗。我第一次想到我再也不能每天下班送妹妹回家，兄妹間每天黃昏愉快的談天被我的離家剝奪了。我也想到每天傍晚不能再躺在公園草地上用書蓋著臉睡覺，聽母親倚著家門高聲喊吃飯，陪著雙手捧滿鳳尾草和蚱蜢的小弟回家洗腳。因為我離家，我就剝奪他們的一切，而我自己也失掉這一切！

我們到達港口，天還沒有大亮，帆船的檣桅在早潮聲裡搖晃。碼頭上只有一個賣牛奶豆漿的小攤子，那老頭子的瘦長身影，在茫茫的晨曦裡看起來是模糊的，像一個幽靈。一團白色的豆漿熱氣把他包圍起來。我們卸下行李，堆在碼頭欄杆的附近，寫著我名字的白布條，被風吹得啪啪響。我凝視豆漿攤子，這是我最後一次為小弟花錢的機會。我給他一瓶熱牛奶，又給他一根油條。然後我又問：『麵包？』他點點頭。年幼的小弟，他最會挑吃，但是今天他用接受一切來挽留即將斬斷的手足間的溫情。妹妹已經走下碼頭的石階替我雇舢舨。我看她用手對船夫指著港外那艘殘忍的黑色輪船。她的臉色看起來很蒼白。

她指揮船夫搬下我的行李，回頭看小弟雙手捧著東西吃著，慘然一笑：『你要把他肚子撐壞了。』沉默了一會兒，她突然說：『大哥，你放心走好了，不要擔心家裡的事。你那頭髮不梳，衣裳不洗換的老脾氣要改才好。夜裡看書不許過十二點。無論教書還是當公務員，專心辦公要緊，不要寫什麼小說，給誰看？不必寄什麼錢回來，就是別忘了寫信。』

我勉強笑著回答：『你說話像媽的口氣！』

她低下頭，用一陣哽咽的聲音說：『這就是媽剛才要我告訴你的話。』她指一指舢舨，『走吧！』

我想去跟小弟告別，她卻用手攔住我。我明白我不該去傷小弟的心，只好悄悄走下碼頭的石階，跳上舢舨。船夫用竹竿把船撐開，搖起槳來。我凝視著碼頭上的妹妹，她咬緊嘴唇，向我擺手。站得更遠的小弟，正仰起脖子喝牛奶，他那稚氣的姿態，看起來多麼親切！我默默的禱祝：『再見小弟，但願我還能回來。』船離開碼頭遠了，妹妹的身影也小了，但是還沒有放下搖擺的手。我遠遠看見小弟抬起頭來，驚愕的向四周張望，忽然扔下手裡的牛奶瓶和麵包，從一部疾馳的汽車前面跑過，向碼頭這邊狂奔，對我揮手跳躍。我相信我能聽到他的哭聲也能看到他滿臉的淚痕。妹妹彎腰給他抹淚。他倔強的伸出一隻手，指著我的船，憤怒的撥開妹妹的手絹。

我感到一陣鼻酸，急忙轉身坐進船艙裡，背著碼頭放聲大哭。船夫憐憫的搖著頭，把我和我的行李，送到港口那艘黑色輪船上去。

就是那條船把我帶離了家鄉，一別三十年！

家族

在許多年許多年以前，在故鄉，在我臉上帶著英氣，胸中裝滿理想，騎著壯志的馬，馬蹄卻陷在爛泥塘裡的二十一歲的時候，我在我表弟的眼中，必定是一個令人起敬的「家族裡的傳奇人物」。

我所說的家族，是廣義的家族。我母親有一個和美的家庭，四姊妹、兩兄弟在婚嫁以後，仍然經常的團聚。尤其是我母親，最敬愛我的外祖母。我們一家從日本回國的時候，她建議我父親買房子要跟她自己童年的家「買在一起」，這樣，她就仍然能夠回到母親的身邊，跟兄弟姊妹共度「延長了的童年」。

我父親是一個很自由的人，我的意思是說，他沒有家族的拖累。我祖父白手起家，在國內組織了小家庭，然後又到日本去經商。在日本，祖父受到一位「柔弱賢淑的女子」的愛慕，在那個「在這方面相當自由」的時代，很自然的又組織了一個新家庭。這種事情，在我們這個把一夫一妻制度看得很神聖的現代，當然是不許的。

我祖父生活的時代，正好是「多妻時代的末期」。他那個時代的男人，從「婚姻制度史」觀點來看，正好是現代人心目中的「該受譴責的一代」。

祖父像當時所有的大丈夫一樣，很高興的帶著我的祖母回到故鄉的家，可是他不但沒有得到我的「另外一位祖母」的祝福，反而使家裡成為一個「日夜爭吵哭鬧的場所」。我的「親祖母」很傷心，我的祖父很傷心，我的「另外一位祖母」更傷心。

祖父覺得，對一個大丈夫來說，這是一件很不體面的事情，就靜悄悄的帶著我的「親祖母」回到日本去了。祖父對我的「另外一位祖母」很失望，認為她在氣度方面實在不夠完美，破壞了原本可以非常美滿的「一個大男人的家庭」。在祖父的心目中，我的「親祖母」是：『到底有哪一點不好？』他很不諒解我的「另外一位祖母」。

對這件事情，我父親有一段很沉痛的經驗。他七歲隨我祖父回到故鄉的家。我的「另外一位祖母」不但「沒摸過他一次頭髮，沒跟他說過半句話」，並且還很憤慨的告訴我的「比我父親大七八歲」的大伯父：『你替我揍他，有什麼事情我來擔當。』

我的「不是我的親祖母所生」的「名分上的我的伯父」，為孝心所激動，竟真的在沒人的時候經常襲擊我父親。祖父為了不願意使這事成為「另外一個激烈爭吵的原因」，就悄悄送我父親到一位「拳頭師父」那兒去學防身的武術。有一次，父親在受到我「名分上的伯父」突襲的時候，「很不忍心」的把我伯父打倒在地，然後又去扶他起來，這才嚇阻了我伯父的攻勢。我父親後來對「中國功夫」跟柔道都有相當基礎，就是這麼來的。

這件事情很使我父親傷心。在我的童年，他把「整個故事」告訴了我，並且告誡我說：『要想使家庭幸福美滿，應該一夫一妻。一個大丈夫應該有很多事業，但是不應該有很多太太。你懂嗎？』

父親的話，在當時是一篇「家族宣言」，到了現代，早已經是「法律」了。我覺得現代法律是好的，因為那裡面「充滿了智慧跟仁愛的精神」。

我的親祖母跟祖父回到日本以後，過著抑鬱的放逐似的生活，用慈愛的心教養自己的孩子：三男一女。她很重視子女的精神方面的教養。她督促四個孩子學會了游泳，學會了騎腳踏車。她督促我父親學柔道，親自跟我姑姑的鋼琴老師討論琴譜的選擇，鼓勵我二叔去爬山打獵，親自為三叔洗籃球選手所穿的「號衣」。至於學校的課業，她反倒不大操心，經常說：『那要靠你們自己去努力。』

我的親祖母的身體是柔弱的，再加上抑鬱，後來得了肺病去世。我的姑姑，後來也得了同樣的病，扔下了她的鋼琴去了。我的兩位叔叔，很不幸也為了同樣的原因，扔下了獵槍跟籃球，去赴天上美好的聚會。

我父親因為勤練游泳跟柔道，得到了運動的好處，所以總算保住了健康，繼承了祖父的一份事業。我祖父是孤兒，白手成家。我父親繼承祖父的事業的時候，又是「只剩他自己一個人」，仍然像個孤兒。這就是我說父親是一個「很自由的人，沒有家族的拖累」的原因。

我既然從小就跟外祖母、舅舅、姨母，親切的住在一起，那麼我童年的遊伴當然也就是那一群「多采多姿」的表兄弟、表姊妹了。我的相當特殊的生活環境，使我在小學時代考常識科「親屬方面的知識」的時候，得到很壞的成績。我不懂得祖母跟外祖母的區別。我對舅舅、舅媽、姨母、姨丈很熟悉內行，卻完全不懂伯伯、伯母、叔叔、嬸嬸。

我六舅是在我十一歲的時候才結婚的，所以六舅的孩子都是我心目中的「最小的表弟，最小的表妹」，年齡都跟我相差很遠，幾乎可以算是「不能玩在一起的一代」。

我在這篇文章的第一個句子裡所提到的「表弟」，就是指的「阿江」。他是六舅的第三個孩子。我離開家鄉的那一年，我是二十二歲，他是六七歲的樣子。在我的記憶中，我幾乎從來沒跟他談過一次話，更不要提一起鬥草，捉蚱蜢，在水溝裡玩詩人鄭愁予所說的「挽臂漂來的雙連船的紙藝」那種放雙連紙船兒的事了。

那時候，我父親已經去世。我跟弟弟、妹妹都出去找了一份「起碼的職業」，很勉強的跟母親苦撐著一個五口之家，供給小弟上學。我六舅也不很得意，雖然在建設局裡有一份差事，但是也有自己的一個五口之家要維持，日子並不好過。

我的工作是在一家報館裡當編輯，但是報館正在鬧「欠薪」。有時候，我竟不得不跟我收入不豐的弟弟、妹妹打商量：『拜託拜託，快給你哥哥一點零用錢。將來有了偉大的成就，一定加十倍還你。』

我弟弟常常笑著跟我說：『大丈夫怎麼可以說出「報答」的話！大丈夫要用誰的錢就用誰的錢。只要你真能有成就。』

我妹妹也常常逗我說：『你要是學韓信說話，你將來就只能做一個俗氣的小韓信了。』她跟我都是熟悉《前漢演義》的。

我當時確實是「胸懷大志」，「淡泊名利」，為弟弟、妹妹所敬愛。現在也仍然是，也仍然是胸懷大志，並且還保持住「純真」，並不「走入邪惡」，仍然相信能得到他們的敬愛。

我祖父是孤兒起家。我六舅一生跟失意奮鬥而不消沉。我在窮困的環境中求人生的「道」，在「童年」的阿江表弟的心目中，當然都應該列入傳奇人物。他小時候是一個長得非常漂亮的男孩子，雙目炯炯發光。我所能記得的，就是他小時候用「看傳奇人物」的眼睛看著我的那種眼神。

前天，我在辦公室接到一個電話。那是一個在新加坡開工廠的廠長到東京購買原料，途經臺北，問候他的大表哥的電話。

我跟「阿江」廠長見了面。我又看到他那種「看傳奇人物」的眼神。我以大表哥的權威逼視他的靈魂的窗戶，很放心的發現他不帶一點俗氣跟邪惡。然後我放心的把我的靈魂的窗戶打開讓他看，保證他也找不到一點俗氣跟邪惡。

我們都滿意了，握手大笑。我們這個「家族」品評人一向是嚴格的。

舅爺

小時候，我跟弟弟在談話中提到的「外國人」，指的就是我的舅爺。

舅爺皮膚白皙像抹了一層雪花膏，有一個端正的、尖尖的歐洲人的鼻子，一年四季都穿著整齊合身的西服。他是一個講究儀容的人，穿的西服都是最入時的，下巴刮得亮亮的，頭上每一根頭髮都是伏貼的，有美妙的曲線，帶著髮蠟的光澤。他身上散發著男性化妝品的迷人的香氣。

那時候，我們住在日本的神戶市。舅爺的家就在我們家的大住宅對面，隔著馬路，是一座木造的兩層樓房。我常常站在大門口，指著對面的樓房，告訴比我小兩歲的弟弟說：『舅爺的家！』

弟弟就會回答我說：『我們不許去！』

舅爺對生活有一套講究，舅奶奶也是，因此他們的家裡永遠收拾得漂漂亮亮、乾乾淨淨，像一家旅館。整座樓梯都鋪著地毯，樓梯下有一個綠色的盆栽，樓梯轉折地方的平臺又是一盆，樓梯頂上還有一盆。樓下的客廳，樓上的走廊，都有大大的玻璃窗，掛著雙層窗簾，一層是薄紗，一層是能完全遮光的厚窗簾。

他們家的桌子都是亮亮的，桌面的中央鋪著一小塊精緻的桌巾，上面一定擺著一小瓶鮮花。不管是自用或者是待客，拿出來的都是最好的細瓷器跟精美的餐具。他們吃的糖果餅乾，都有最輝煌的包裝。屋裡到處都是精巧的擺設，讓你找不到一樣不講究的東西。

我所以知道得那麼清楚，是因為父親、母親帶我跟弟弟去參觀過一次，只有一次。第二天我們還想去，可是母親再也不肯答應。母親很認真的跟我說：『你們兩個小孩子去這一趟，就要連累你舅奶奶擦半天。以後沒有我領著，誰也不許去。』

現在回想起來，舅爺屋裡那些器具擺設，如果請寫《紅樓夢》的曹雪芹那樣的高手來描寫，可就有文章做了。比如說：牆上掛著達文西畫的一幅《蒙娜麗莎的微笑》，鋼琴上擺著一座希臘米羅島出土的維納斯雕像，地上鋪著波斯出產的地毯，梳妝檯上擺著巴黎出品的「月夜韻律」香水，酒櫃裡一排美國加州出品的雕花水晶玻璃杯，牆角擺著一盆南美洲巴西出產的鐵樹，等等。換一個現代人的形容法：舅爺的家是「很有氣氛」的；甚至連一把雨傘，一雙木屐，也都是有來歷，有名堂，有講究的。

在我的記憶裡，舅爺家裡沒有一件等閒的東西，沒有一件東西不是為了鑑賞才買的。我還記得那一天舅奶奶手裡拿的一塊抹布，也是神戶大丸百貨公司出品的。

舅爺比我父親只大十幾歲，跟我父親的感情很好。父親的個性跟舅爺相反，喜歡粗樸實用的東西。父親有事到舅爺家去，總要先換一套整齊的西服，並且把鞋底弄乾淨。對父親來說，這些事情都是很麻煩的，所以他寧可在家裡等舅爺來。舅爺似乎都知道他的講究妨礙了親戚間密切的來往，所以他每天都要到我們家來看父親一趟。

父親交代過我不許摸舅爺的衣服，但是舅爺對我有一種特殊的感情。那種感情是連七歲的孩子也感覺得出來的，是一種很難形容的感情。除了長者的慈愛，除了他天性的仁厚以外，還含有對於「我是我爺爺的長孫」的尊重。換句話說，我的神態一定使他想起我爺爺在世時候的神態，也許因為那神態實在太像了，竟使他相信某一種神祕的關於轉世的學說。我總算找到一個適當的形容了：舅爺對待我，除了長者的仁愛以外，還含有尊敬，像先王的大臣看待新王所生的長得跟祖父一模一樣的太子。他相信這太子就是先王的再生。我幾乎可以想見我爺爺在世的時候，是怎麼樣的一位仁厚的長者，怎麼樣的得到舅爺的敬愛。在舅爺的心目中，我是金枝玉葉，儘管也是他的晚輩。

每次，舅爺像瀟灑整潔的外交官到我們家來的時候，總會彎腰跟我打招呼，掏出講究的糖果來送給我，很關心的向父親打聽我的健康狀況跟生活情形。

父親帶我們回到故鄉廈門以後，第二年，舅爺全家也回來了。父親母親帶我跟弟弟去看他。他住的是市郊的祖屋，是一座平房，門前的院子打掃得乾乾淨淨，正廳地上的每一塊大紅磚都洗得發亮，八仙桌跟供案也閃閃發光像剛打過蠟似的。舅爺的兩個大孩子，就是我的表姑跟表叔，也都像剛洗過澡，剛換過衣服那樣的打扮得乾乾淨淨。

屋裡的擺設完全是中式的，不再是西洋式的，也不再是東洋式的，可是那乾淨的程度，仍然會使每一個小孩子覺得那裡不是一個理想的遊戲場，覺得那地方跟小孩子是不相容的。

舅爺很關心的向父親打聽我上學的情形，我的健康狀況，還有我是不是還愛吃咖哩飯，並且嘆息那時候廈門還沒有像樣的冰淇淋好讓我吃。

那次見面以後不久，舅爺又回到日本去經商。長長的十五年的時間，我們沒有再見面。戰爭，逃難，流浪，我們家由殷實變成貧寒。我在人生的黃金時代接受最嚴格的生活的磨練。經過冰跟火的鍛鍊，我把我童年的任性跟驕傲連根拔起，學習了同情跟謙虛。父親也去世了，我由一個一生氣就用皮鞋尖踢人的孩子，變成一個滿懷理想的樸實的青年。

抗戰勝利以後，我來到臺灣，在很好的環境裡工作，看書。有一天，我接到舅爺的一封信。他跟舅奶奶從日本回國，經過臺灣，由家鄉打聽到我的地址，約我去跟他見面。他想看看我。

我已經不再是從前的我，我已經不再是「金枝玉葉」。我也有一顆小圖章，不過那是領薪水的，不像我父親當年的那顆圖章，那是領股息的，領紅利的。舅爺還會像從前那樣的看待我嗎？他能不把我看成傳奇裡的落難公子嗎？

我的猜想是沒有錯的，舅爺是把我看成落難公子。我的猜想也可以說是錯了，六十二歲的舅爺緊抱著落難公子，為公子的落難掉淚，竟說：『你父親不該那麼早去，叫你受這樣的苦。』

他親自去皮箱裡拿出兩件新襯衫，一件叫我換上，一件叫我帶著。我捨不得我自己掙錢買的那件舊襯衫，想帶回來日後穿。舅爺激動的說：『扔掉它，你不該穿那樣的衣服。』我得了兩件新襯衫，但也失去了一件舊的。

舅爺是臨時住在朋友家裡的。那時候已經近中午了，他堅持要帶我上西餐館。他帶我去的是我平日常去加餐的一家餐廳。餐廳裡熟悉的招待走過來問我吃什麼。舅爺用長者的尊嚴態度吩咐說：『兩客上好的咖哩雞飯，兩客上好的冰淇淋。』

吃過中飯以後，他帶我到我平日常去的國際戲院，親自買了票，說：『這是臺北最好的電影院，設備不比東京差。』

看完了電影，他又帶我回到他住的地方，一件一件的搬出許多東西來給我。像我們從前那樣的家庭，是忌諱談錢的，所以他躊躇了一會兒，才開口說：『跟我坐船回去吧，在家鄉好些。』

我告訴他，我有很好的工作環境，暫時還不想回去。他搖搖頭，嘆了一口氣。『你不該受這個苦。』他說。

一個在並不飽含溫情的社會裡生活過來的人，一心只想把自己的溫情奉獻給別人，讓別人少受一點無情的待遇；可是從來沒想到自己能再享受到只有童年才享受得到的長者的鍾愛。跟舅爺告別以後，我等不及回到單身宿舍，等不及蒙上棉被，就已經在路上哭得像一個嬰兒。

現在，舅爺已經在天上。我受苦的時候，總會想起他所說的那句話：『你不該受這個苦。』有這句話，只要有這句話，我受再大的苦都覺得是甜的。

海水叔公

我從來不敢走進離他身子五尺的半徑以內。如果皮球滾進這個「威勢半徑」，我就當作皮球掉進深淵，頭也不回的趕緊走開。好幾次，我就是這樣失去了我的皮球。像面對著大自然的威力，像面對著上帝的震怒，我選擇最聰明的「逃」。我從來不為我的失球惋惜，反而心中充滿慶幸，充滿「脫險」的欣喜。

那時候我還不知道什麼叫「威嚴」，但是只要走近他，我就覺得像是有一朵籠罩十萬里的黑雲，用一種可怕的「緩慢」，向我的頭頂壓下來。我不得不承認，我童年的「喜悅」之一，就是這種小老鼠逃離貓爪的喜悅。在那朵黑雲已經碰到髮梢的時候，我忽然很機敏的彎腰鑽了出去，平安逃到金光燦爛的太陽地裡。

可愛的童年，純真的童年。童心裡永遠種不活「恨」的種子。儘管純真的小樹苗得不到愛，它也會在每一次狂暴風雪停息的時候，開出一朵朵淒麗的，神奇的，「慶幸」的小白花兒。

在我的童年，海水叔公是我的雷電，我的大地震，我的龍捲風，我的暴發的山洪。「震怒」，「嚴厲」，你的名字是海水叔公。

『如果你不給我好好兒的打他一頓，我現在就搬出去！』有一天，大地震發生了。

『海水叔，我也該先問他一聲。』渾厚善良的父親，他的合理的請求引起山洪的暴發。

『你要是咬定我撒謊，現在你就給我出去！別再跟我說一句話。』

『可是我——』父親壓抑著自己的小火山。他的火山跟他所面對著的大火山相比，實在太小了。

『你出去不出去？你出去不出去？你出去不出去？』這一陣狂風把父親轟出了大客廳。

父親從來沒有這樣憤怒過。他臉色白得像一張紙，那種帶點兒青色的白紙。他已經被激怒，但是他也被一種絕對的力量所懾服。他完全失去了對自己的控制。

從心理學的觀點看，一個受屈辱，而且被無理要求或無理批評所激怒的人，如果「怒源」是一種絕對的力量，那麼，他的「破除緊張」的唯一方式，通常是「更殘酷」的去遵行那無理的要求；越是殘酷，越是有效。當然這是我現在的分析。

當時，父親離魚池越近，我越感覺得出父親的異樣。父親一向是信得過我的。

在這件事發生以前，他教導我認識一種「道德的勇氣」——誠實。

如果我「偷吃」人家一張餅，被人控告，父親就會過來問我：『你偷吃了餅沒有？』我會回答：『我「偷吃」了。』

『過來！』父親會說。他會把我按倒在他的大腿上：『「偷吃」不好。打五下。』

他很清脆的打我五下屁股。『去玩兒。』他會說。

如果我沒偷吃餅。父親過來問：『你偷吃了餅沒有？』

『沒有。』我說。

『好好玩兒。』他走了。

我從來用不著為蒙冤操心。如果我沒做惡事，我只要說出「沒有」兩個字，就可以「好好玩兒」了。我根本用不著為這種事情說第三個字。

可是這一次不同了。父親走到魚池前面，離我這麼近。我還蹲著，因為本來我就蹲在那兒看魚。我看見父親的眼睛是紅的。他走得更近一點，那不是整個白眼球染紅，只是有一層網，紅絲網。他更近一點，我跟他笑一笑。忽然，呼的一聲，一個鐵鉗，夾住我的右臂。我雙腳騰空。就像雙手抓住飛機的尾巴似的，我跟著一架飛機飛上二樓父親的大房間裡。接著是一頓打，不是我通常所承受得了的那種打。

劇烈的疼痛過去以後，父親很快的說了一個故事，像用英文打字機打出來的那麼快。

故事裡說：我很淘氣，那天一早就到花園去，看到海水叔公最心愛的那盆杜鵑花，就把枝上的花一朵一朵的掐下來，撒了滿地的杜鵑花。

『你做了這事沒有？』父親問。可是他問得太晚了。我恰巧知道這件事，也看到這件事的進行。不過，我當時並不想控告。海水叔公最愛的狗玩海水叔公最愛的花，不是我的事情。海水叔公自己會處理。現在我知道海水叔公處理的方式：先推測，然後把推測當作事實，然後為這「事實」暴怒。

『沒有。』我回答父親。兩個字就夠了。說出這兩個字，我就想出去玩，但是很疼，走不動了。

我還是愛我的父親。我還是不敢走進海水叔公身子五尺的半徑之內。

我慢慢長大，由父母的談話中更了解海水叔公。

『你不要去問他菜要怎麼做合適。你不問他，沒有事。你做什麼菜，他吃什麼菜。你一問，他就要教你怎麼做。你的作法一定不行，他的作法一定行。你不聽他的，他生氣。你忍著氣聽他的，把一鍋菜燒糊了。他這才肯說，還是照你原來的法子重燒的好。』

『如果他忽然跟你談論搭火車到海濱浴場沒什麼意思。你就得趕快預備吃的，趕快去買火車票。他這是向你示意：他想去了。不過你不能說這是為他安排的。為他安排，他就不去了。』

『過年過節，應該一家和樂。我們當晚輩的不該在這樣的日子裡惹長輩生氣。他不到臨吃飯前，不肯告訴你想吃什麼菜。你早問他，他會說你是嫌他麻煩。最好跟幾家熟鋪子、熟攤子事先打招呼。他看過菜，臨時想添什麼，馬上叫工人去買回來趕著做。』

海水叔公是祖父的結拜兄弟。祖父創業的時候，許多事情多虧他幫忙。祖父臨終時候，交代父親，要服侍海水叔公像服侍自己的親父母。

我越是懂事，越發現海水叔公對待父親態度越來越暴躁，脾氣也越來越壞。父親事事請他拿主意，他嫌煩；不請他拿主意，他生氣。

『我是怎麼得罪了海水叔了。』父親常常嘆氣。

我念初中的時候，海水叔公已經生氣搬出了我們的家，買了一塊田地，自己住在鄉下。父親每個月帶我們兄弟兩個去看他一次，向他請安。

有一次，我們大家一起走進蔗田，成熟的甘蔗高過人頭。走著走著，父親和二弟不知為什麼走失了。我發現當時只有我跟他在一起。他不看我，只顧彎腰出力拔著一根甘蔗。拔起甘蔗，用手撥去田土，拿刀削去一點蔗皮，緩緩抬起頭，把甘蔗遞給我，說：『吃。這個甜。』

我接過甘蔗，呆呆的看著他。

『你跟你父親一樣，是一個好孩子。』這是我第一次聽到他對我說一個「你」字。這是我生平第一次跟他說話。

我說：『海水叔公，我已經會寫信了。以後您要給人寫信，叫長工去喊我。』

他用他巨大的手，按著我這個第三代的肩膀，點點頭。

我現在每次回憶我第一次跟他談話的內容，仍然覺得自豪。我不知道我為什麼會那樣說，我只知道當時我心中充滿快樂。

外祖母

搖搖搖，
搖到外婆橋。

在故鄉，在上幼稚園那樣的年齡，在園子裡龍眼花開那樣的季節，我攤開剛從上海商務印書館寄來的一本新書，聞著五彩油墨的香氣，看著書頁上那一幅美麗的江南水鄉圖畫：在綠綠的田野和綠綠的河裡，一個小男孩兒搖著一條小木船，小木船正走到一座橋邊，岸上有垂柳，柳林背後有幾戶人家。

住在海島上的孩子被江南風光迷住了。母親的手指，指著書上一個一個的字，用國語教我念那一首簡短的兒歌，用家鄉話解釋給我聽。那是我上的第一堂中國地理，我認識了一個最美麗的地方，地名叫「外婆橋」。今天，我才知道我童年所接受的是一個象徵，那象徵所象徵的是外祖母的愛。

我在母親的懷裡讀到母親就在她懷裡長大的人，但是我一直以為我是在學習地理。我喜歡那地名的親切。我告訴過我幼稚園的女同學阿珠，我告訴她說：『中國最美麗的地方是外婆橋！』

我一心想到外婆橋去，卻忽略了我一直生活在外婆的愛裡。我當時並不知道我是因為喜歡外婆，所以才喜歡那個用外婆命名的地方。我一直不知道那個地名是在中國地圖上找不到的，我一直不知道那只不過是「兒歌地圖」上才有的一個地名。

我的祖父、祖母都在日本去世。我的祖父對我是一個崇高的觀念，沒有形象。我祖母對我只是一幅牆上的照片，特地穿著日本和服拍的照片。父親帶我們全家回到廈門故鄉以後，我們就一直跟外祖母住在一起。我當時並不知道我父親的幸福、我自己的幸福：我們都得到對人生有深刻體會的一代的照顧。

外祖母的愛是最完美的愛，因為那愛已經洗淨了一切的雜質，提煉再提煉，成為人間最純淨的。那種愛是只有給予，不需回報，永不枯竭，永遠有餘的愛。那是像天，像地，像山，像海，那麼偉大的愛。

外祖母永遠和顏悅色，永遠那麼安詳。十四歲逃難那一年，我們家，兩位舅舅的家，一位姨母的家，侷促的住在一座只有四個房間的小屋子裡。那時候我個人的生命已經進入了「焚燒的年代」、「反叛的年代」。我常常深夜讀書，不肯去睡。母親說：『你會弄壞你的眼睛。』

父親說：『你會弄壞你的身體。』

父母親的話，多少激起了我的獨立意識，多少刺傷了我想做「誦習達旦」的岳飛的雄心。父母親表達關心的方式是率直的。

父母親都盼望外祖母來勸我。外祖母微笑的坐在客廳的床上。她是這樣勸的：『孩子喜歡讀書，應該讓他去讀。這是有錢買不到的，是他的好處。這孩子就像他外祖父。你們安心去睡吧，讓我來陪陪他。』

父母親去休息了不久，我就把書合起來了。

外祖母含笑說：『不讀啦？』

我也點點頭，呵欠連連，含笑說：『阿婆，明天見！』

外祖母知道怎麼馴服一個正在反叛年齡的孩子：尊重那孩子心中的塑像。父母親那一年對我的率直，傷害了我心中的岳飛，心中的史可法。

我回房去睡，父親是知道的。後來父親就一直用外祖母教導我的方法教導我。

從我不懂事理到懂得事理，外祖母從來沒罵過我一句。十歲那一年，有一次，我跟比我小一歲的一位表叔打架。這位小表叔在我表叔公家裡是最受寵最受寵的孩子。我表叔公又是我外祖母最尊重的外祖父的兄弟。小表叔外號叫「番王」，在外祖母一族裡，大人小孩都要讓他三分。偏偏我在我們這邊的大家庭裡，也是一個

「番王」，除了父母親以外，所有大人小孩，也都要讓我三分。

外祖母正在表叔公家裡作客，叫人送小表叔到我們這裡來玩玩。兩個「番王」相遇，當然不會有好結果，我們狠狠的打了一架，震動了全家族。母親當然是責備我的。她趕快叫人護送敵國的番王回家，再三交代「使臣」要向我的表叔公、表嬸婆表示歉意，然後自己也匆匆忙忙換好了出門的衣服，緊跟著跑過去致意。

我不知道事情該怎麼解決。不管怎麼辦，我這個當主人的番王打了當客人的番王，我的野蠻的程度超過了那個番邦的太子，總是不對的。

外祖母回家以後，我想這一回她總該痛痛快快的罵我一頓了。母親很生氣的先把我叫了去，把外祖母怎麼憐惜的安慰那號啕大哭的番王，怎麼答應那番王說回來要跟我算這一筆帳，一五一十的都說給我聽，然後說：『你自己去跟外祖母把你的道理說清楚。你這個孩子！』

我是不逃避的，既然打了客人，當然就應該去領罰，所以就規規矩矩的去見外祖母。外祖母早就換好了衣服在我所熟悉的那個有樹影的房間裡休息，一看到我，就笑著把我拉過去，拉整齊了我身上的衣服，說：『怎麼這時候才來？不早來跟外婆訴委屈？不喜歡外婆啦？』

我眼淚滾滾，流了一臉。外祖母又說：『兩個番王碰在一起，總是要打架的。

現在這一架總算打過了，以後你們就沒事了。你表叔公倒很喜歡你，也想看看你這個番王。』她拿了桌子上的一塊綠豆餡兒餅給我吃，叫我快去換一件乾淨衣服。

我實在看不出這就叫「算帳」。其實外祖母說那句話，是要讓小表叔消氣的。外祖母心裡並不把小孩打架當作一回事，倒是外祖母所說的另外一句話竟是真的，那就是關於表叔公喜歡我的話。

本來我在表叔公眼裡，是一個羞答答的孩子。他自從知道我就是打他家裡那個沒人敢惹的番王的孩子以後，就格外對我發生興趣，在路上遇到我，就會特地停下來逗我說幾句話。有一次他正要出門，我恰巧走過他家，他特地帶我進去，把我介紹給他的九個大孩子，正式聲明我隨時可以到他家裡去玩。後來，兩個番王竟成了最好的朋友，我竟成了在他們家裡最受幾個大表叔寵愛的孩子。

在我的童年，我所接受的民族精神教育都是從外祖母那裡來的。父母親是一對到處遊歷的好伴侶。母親會跟我談日本，談上海，談香港，談越南，但是她沒辦法很有味兒的跟我談美麗的家鄉習俗和傳統。

我所念的兒歌，是外祖母一個字一個字教出來的。我所知道的廈門民間故事，是在外祖母那一間有樹影的房間裡聽到的。我所知道的廈門哪一條繁華的街道本來只不過是一條小河的「滄海桑田」史，也是我外祖母告訴我的。我注意到外祖母眼中看到的世界，都是兩層影像的重疊，歷史的跟眼前的，往往同時出現。

民間故事裡往往含有對殘廢人的戲弄和取笑，但是外祖母說起故事來，使人覺得那故事裡並沒有戲弄跟取笑的意味，使人覺得她沿襲的是民族口傳文學的技巧，那就是為故事角色選取一種趣味化的特徵。我相信在醫藥衛生不發達的古代，畸形人比現代一定多得多，而且也幸福得多。所有的畸形，都被當作身體特徵看待。

在外祖母的民間故事裡，我的心眼所看到的不是一個一個的殘廢人，而是一個一個的有趣的漫畫人物。我相信在古代，肢體的特徵是相當受尊重的。

我從母親那裡所得到的，是比較率直的管教。我靠著回憶，很驚訝的發現，外祖母竟能夠僅僅用讚美跟安慰來完成對一個孩子的管教。

母親因為我身體瘦，說了不知多少話，勸我多吃青菜，我總是不樂意。但是這種事，對外祖母來說，卻簡單多了。她不停的讚美我的臉長得非常豐滿。我為了讓我的四肢也能獲得同樣的榮譽，偷偷的吃了不少青菜。

外祖母用提煉過的純淨的愛來愛孩子。她用讚美代替責備，而且靠著豐富的人生經驗，知道什麼時候應該對孩子放鬆。我幾乎要這樣讚美說：最懂得孩子的，不是年齡跟孩子比較接近的緊張的父母，反而是年齡跟孩子距離更遠的奶奶跟爺爺。

父親

我父親身高一五九公分，體重從來沒低過六十公斤。我身高一六七公分，體重從來沒高過五十公斤。在外型形上，父親是矮壯的，我是細長的；唯一相似的地方是視力都不佳，正如我的一位念文學的長輩所說的，兩個人都是「不戴眼鏡就沒法兒生活」的人。

在生活習慣上，有許多地方我也跟父親相反。父親是「早睡早起主義」者。他的書桌也有檯燈，不過他並不是一個深夜工作者，而且一生沒有夜讀的經驗。他的檯燈是為清晨四點起身看書寫筆記用的，因為不論冬夏，那個時刻窗外曙光未現，沒有燈是不行的。

我從十七歲起，就特別喜歡「夜生活」，常常看書到深夜，磨筆尖到深夜，因此，每天早飯以前，晚餐以後，父子很少在一起過。

我記得童年時，父親訓練我早起的往事。有好幾次，清晨五點鐘，他就把我從被窩裡抱起來，替我穿好衣服，拍拍我的屁股，叫我站好。可是我這扶不起的阿斗，在他轉身的時候，就穿著全套衣服，又鑽進了被窩。我年紀稍長，他也鼓勵過我早睡，親自幫我脫衣服，督促我滅燈鑽進被窩。可是夜裡他不行，我只要裝睡十分鐘，從一數到六百，聽鄰室傳來鼾聲，我就披衣下床，扭開電燈，照樣過起我自己的日子來。

後來父親不再為我的生活習慣操心。他說：『人總得有點兒額外的時間，拿來做自己想做的事，生活才有味道。不然的話，身不由己，一天忙忙碌碌，到底有什麼意義？這額外的時間，不是清晨，就是深夜，你能挑上一樣，也就行了。』

我從十幾歲起，就知道父親總把生活分成兩部分：一部分是人的責任，另外一部分是享受做人之福——自己愛幹什麼就幹什麼的那種「神仙生活」。「人的責任」不可以敷衍，所以他做事非常賣力氣。可是「神仙生活」棄之可惜，所以他就設法去擠出一點時間來用用，享受享受。

父親每早四點鐘起床，並不一定有什麼嚴重的事情要辦。他有時候是讀「定性分析化學」一類的書，邊讀邊作筆記；有時候根本就是看看貼相簿，玩玩郵票罷了。

我現在能過一種「二分」而調和的生活，就是受父親的良好影響。這種生活的優點是：白天為社會種瓜，深夜為自己種豆。瓜甜豆香，皆大歡喜，永遠不覺得社會虧待我，永遠不自命自己對社會有什麼偉大的貢獻；不苛求社會對我「報恩」，也不承認自己對社會施了什麼恩。井水清澈，河水長流，井水不犯河水。

不過，過這種生活也要有一點特別的本領，那就是能忍受肉體方面的痛苦。不然的話，白天上了一天班，心裡先存了「受委屈」的自憐心理，腰瘦背疼，夜裡哪有興致再爬起來做貓頭鷹？關於這一點，父親又給了我良好的影響。

在我童年的時候，父親每星期日必定帶我們去環島徒步旅行，「環」的是廈門島，不是我們這個寶島。我們兄弟幾個，清晨被他從床上拉起來，穿好了衣服就出門，每次總要走一整天的路。中午在路邊的小攤上吃點兒東西，吃完馬上起步，非等暮色四合，不肯踏上歸途。入夜進了市區，帶我們上一家廣東館大吃一餐，算是慰勞。不敢說途中完全沒有一點樂趣，但是也不能說那不是一種折磨。

後來兄弟幾個都怕星期日的「郊遊」，但是為了晚上廣東館那一頓飯，只好勉勉強強的跟隨父親去「受罪」。有一次我大膽問他這有什麼意義。他高興極了，含笑跟我們談大道理：『有許多事情，你要先「受得了」，然後才能找出意義。我就是訓練你們「受得了」的本領。』現在我自己當了兒女的父親，我也深懂這句話的意義。其實所得的益處還不只是一句話的意義，其他的收穫比這句格言更豐美。忍受沉悶，忍受枯燥，忍受單調，忍受冗長，忍受讚美，忍受誹謗，忍受憐憫，忍受妒忌，忍受瞧不起，忍受瞧得起，忍受別人的卑劣情緒，忍受別人的熱烈擁抱，忍受失去你想要的，忍受得到你不想要的；不管怎麼樣，要先忍受得了，然後才能自由自在的追尋自己的理想。

肉體方面的不安適，人人會有，時時會有，這也是需要忍受的項目之一。忍受不了的，天天在病中；忍受得了的，除了「最狹義的病」，一切都不算病。這種對病的忍受，也是從那沉悶的「郊遊」學來的。

父親給我最大的良好影響，是他的特殊的「父親觀」。父親熟讀四書，但是他也很喜歡讀《聖經》。他最愛引用〈馬太福音〉第十二章四十六節到五十節。那一段經文，大意是說，耶穌在講道的時候，他母親和弟兄站在人群外，叫人告訴耶穌，要跟耶穌說話。耶穌就趁著那機會，教訓門徒說：『誰是我的母親？誰是我的弟兄？凡遵行我天父旨意的人，就是我的弟兄姊妹和母親了。』

父親的「父親觀」，也帶著一點馬太福音色彩。他很重視「家的諧和」，所以反對父親站在兒子頭上的建構。在他的「家」裡，父母親和子女都站在地板上。父親是大朋友，子女是小朋友。大朋友和小朋友的關係是親密的，不是一方對另一方的敬畏。因此，父子之情能夠通達，而且也差不多可以做到「大家活在同一個時代裡」。父子天天交談商量，思想互相交流，就沒有「隔」的存在。「父親一代的尊嚴」，被子女視為「上一代的偏見」：這種家庭悲劇，在我父親的「家」裡是不會有的。因為父親放棄「父權神授」，以他的熱心誘導我們向上，在我們遠不如他的時候把我們提升十級，把我們看成他的小朋友。我們在很小的時候，就受教導去了解父親是一個有缺點的很平凡的人，一切大人也都是有缺點的很平凡的人；因此，用不著等我們長大了才來失望的發現他的平凡，大人的平凡。這種不虛偽，現在，我知道是一種偉大。

父親去世二十年，我現在憶念他，仍像憶念一位大朋友。我仍然相信，如果父親還在世，我們一定會在一起合作許多有意義的事，而且他還會一切事都要找我商量，彷彿我是顧問。他仍會在清晨四時起身讀「定性分析化學」或者玩郵票，甚至他在白天跟我見面的時候，還會故意打趣我：『你深夜三點睡，我清晨四點起，中間那一個疏於防範的鐘頭，可得嚴守祕密，別讓小偷知道！』

受苦是一場夢

『受苦是一場夢。』母親說。

『人人都說富貴是一場夢。這個想法實在是暗淡了點兒。人只要不失去心裡的指望，受苦總是一場夢。夢一醒，回想夢中所受的苦，心是甜的。』母親說。

外祖父當過清朝縣級的官員，見過知府，在家裡常常跟外祖母、母親、舅舅們談「說官話」的笑話。老人家說，下級官員見到高級長官，照例要打官腔說官話。閩南籍的官員哪裡學過什麼北京話，上級下級，都憑著自己的一點聰明亂編。下級用自己編的官話向上級報告，上級用自己編的官話訓誡下級，彼此都是滿嘴的怪聲怪調，但是彼此又都能會心，知道對方說的是閩南話裡的什麼。

外祖父學的，就是廈門籍的官員怎麼把道地的廈門土話翻成希奇古怪的官話的笑話，在他老人家下班的時候，一家人樂一樂。母親回憶童年生活，忘不了這些笑話。

外祖父要大家讀《紅樓夢》學官話，因此，跟別的家庭不一樣，《紅樓夢》成為外祖父家裡的家庭讀物，不是禁書，一向是你一部我一部的，家裡到處是《紅樓夢》。我上初中二的那年，六舅身邊已經有兩部《紅樓夢》，因為看到書店裡有一部大字排印的線裝本《紅樓夢》，很精美，就買了回來，重讀一遍。

那部《紅樓夢》分裝兩函，一共有十幾冊。那年我們逃難到鼓浪嶼，舅舅、姨母，好幾家人住在一起。有一段日子，吃過晚飯以後，大人小孩，一人一冊，都在燈下讀《紅樓夢》。我的《紅樓夢》，也就是那個時候跟母親、六舅、五舅母、六姨、六姨父，一起讀的。讀完《紅樓夢》，大家一起吃消夜，我就邊吃邊聽長輩談賈母，談薛蟠，談襲人，談鳳姐兒。

母親讀《紅樓夢》，也不止讀一遍。小時候，父親告訴我說，母親還有一個名字，是自己取的。這個名字就叫「寶釵」。平日母親談話，也常常讚美薛寶釵的為人，說她心胸開闊，能容忍，有福氣。母親的身材容貌像林黛玉，卻不贊成林黛玉的躁急跟侷促。

我最敬佩母親的是，雖然熟讀《紅樓夢》，卻不受曹雪芹「人生榮華富貴到頭來都是一場空」的空空思想的影響。母親截取那可愛的「夢」的想法，來建立自己入世的人生觀：眼前所受的苦，只是一場夢。她能夠在受苦的時候安排未來的日子該做的事。她不把受苦當作一回事。

在過好日子的日子，母親有一個丫頭跟在身邊，有一個廚娘替她做家事。丫頭是母親上下樓的枴杖、是母親的手腳。午睡的時候，丫頭替她捶腿，打瞌睡守護在她身邊。每日三餐，母親只要跟廚娘「說菜」，永遠用不著自己動手。如果需要跑腿兒的，父親工廠那邊有六個學徒，像章回小說裡的小廝，聽她差遣。

小時候，我們兄妹在家裡都能得到最好的照顧，但是母親並不因為照顧我們就把自己累得憔悴。『孩子這雙襪子髒，去給他拿雙新的。』『孩子餓了，去給他下一碗麵線吃。』『這孩子又跑得滿身汗了，把他帶去洗洗乾淨。』母親只要開口。

有一次我到同學家去吃飯，看見同學的母親親自給他盛飯，就感動得不得了，認為那同學真福氣，能得到母親親自照料，心裡十分羡慕。我們兄妹都很貪心，總希望有一天母親能親自動手照料我們，像那同學的母親那樣。我們總覺得丫頭跟廚娘的手，不能跟母親的手相比。

這份福氣，後來我們果然盼到了。家道中落，父親去世以後，母親不但親自動手照料我們吃飯，並且親自去當那丫頭，當那廚娘，當那做粗活兒的小廝。我們覺得非常幸福，但是也開始注意到母親的辛苦。

我二十一歲那一年夏天，二弟在銀行裡當雇員，我在家裡作偉大的作家夢。家裡的劈柴燒完了。我們沒有足夠的錢叫一擔劈柴，只夠買些零星的，所以店裡嫌少不肯送貨。我們要的那些劈柴，不好提，不好抱，最好找根扁擔挑回家。母親從劈柴店裡空手回來，找了一根竹扁擔跟兩條繩子，回到店裡去，親自把那些劈柴挑回家來了。

我大吃一驚，趕快跑過去接，並且埋怨母親說：『為什麼不叫我們去幫你抱劈柴？』

坐在大門口竹椅上乘涼的鄰居們，看見母親挑著劈柴回家，都紛紛站起來致意。母親一邊跟他們點頭打招呼，一邊低聲跟我說：『快讓開，讓我自己挑到大門口！』

進屋以後，我說：『以後不許媽自己去挑劈柴！』

母親笑著說：『挑得動，我很高興。這不是你的事，你別管。』

『太辛苦了。』我只好也陪著她笑。

『吃苦是一場夢，將來想起來是甜的。』母親說。

我的作家夢還沒醒，當然沒有薪水拿回家。二弟在漳州的中國銀行當雇員，每月寄錢回來養家，總忘不了在信裡安慰我說：『你愛寫，還是寫吧。養家的事由我負責。』

銀行裡雖然裡裡外外都是錢，但是二弟賺的並不多。他寄回來的錢不夠用，所以每個月的月底總有幾天家裡要喝稀飯。母親親自給我盛稀飯，總忘不了那句話：『吃苦是一場夢。』

我十七歲以後，母親就不再管束我，一切大小事情，我愛怎麼辦就怎麼辦。她信得過我。有一天吃飯的時候，我對自己的打算起了懷疑，說：『我到底是做一個作家，還是出去工作？』

母親笑著，搖搖頭，指著我的飯碗說：『快吃吧。』她的意思是，我的話很好笑，自己的事應該自己拿主意。二弟答應賺錢讓我安心去做不賺錢的作家，她也不干涉，認為這是我們兄弟間自己的事情。

母親的不管束我，是受到外祖母的啟示。我十七歲那年，第一次反抗母親無微不至的管束。外祖母說：『讓孩子自己去拿主意，總比養一個廢物強。』

從此以後，母親就永遠記住這「十七歲」。二弟一到十七歲，母親就不再管束他。三妹一到十七歲，母親也不再管束她。我十七歲的時候，比一般十七歲的孩子過得都幸福些，原因就在這裡。我們兄妹，都是十七歲就得到母親絕對的信任的。我們有母親親切的照料，但是對一切事情都可以自己拿主意，因此學到的人生教訓也多些。

許多親戚說我母親有福氣，因為我剛滿十七歲，母親就不必再為我牽腸掛肚，日夜操心。其實他們應該說我有福氣才對。因為我剛滿十七歲，就有天底下所有十七歲的孩子所盼望不到的最好的母親。在我的記憶中，從來沒有任何人生的損失是因為「母親的反對」造成的。許多使我悔恨的事情，都是我自己造成的。母親從來沒傷害過我。

我知道有許多年輕人有許多事情瞞著母親，不敢跟母親報告，因為他們怕母親反對這個，反對那個，堅持這一點，堅持那一點。他們躲著母親。母親因此也就更加管束得緊。

但是我的母親能真正做到使我絕對信任她。因為我知道母親不會反對這個，反對那個，堅持這一點，堅持那一點，所以我反倒跟母親最有話說，巴不得把自己的事情全盤告訴她。母親總是含笑聽著，用她的眼神鼓勵我：『儘管說，不要緊，我喜歡聽！』

我把我的決定告訴母親。如果母親不贊成，她就說：『我的想法跟你不一樣；不過這是你的事情。』她暗示我可以按我的意思做。其實，她暗示的是，我對這種事要自己負責。

我因為寫稿，學會了抽香菸，相信香菸跟靈感有關。有時候我也孝敬母親一枝香菸。這是她也會的，就抽著菸聽我高談闊論。有時候我心裡不快樂，沉默起來，就輪到母親說話。她知道我夠大了，特地講附近「魁星河」裡水鬼的故事嚇嚇我，希望我能打起精神，做些該做的事。我的沮喪，往往是水鬼治好的。母親用嚇人的鬼故事逗我笑，使我不為小事發愁。

母親所講的最有趣的一個水鬼故事是這樣的：

有一個水鬼，到了該找替身的日子，看到遭遇悲苦，心智昏迷，到河邊來尋短見的人，不但不設法迷惑人家，反倒心裡不忍，爬上岸去喊醒人家，勸他不要做糊塗事。這樣一次次失去找替身的好機會，一拖一百年，還是個受苦的水鬼。管理陰陽輪調的天神，氣得把他叫去大罵說：『像你心腸這麼軟，怎麼配做水鬼！』

剛說完，那水鬼就變成神了。

母親的智慧

我少年時代的指路人是父親。父親教我用嚴肅的態度做人，那就是：對人要誠實，工作要認真，要容忍，不要害人；容忍不是懦弱，因為只有容忍才能避免傷害朋友。父親也教我怎麼樣過神仙一樣的日子：嘴饞想吃什麼就多吃點兒，貪看風景就到處多逛逛，愛讀書就讀個盡興，想睡就睡個夠，只要不妨礙工作，只要不傷害人，讓日子過得好玩兒一點不算錯。

母親似乎從來不跟我談任何嚴肅的話題。父親為了訓練我，常常找些事情叫我獨自去辦，例如到銀行去領款，或者到郵局領包裹；但是母親從來不讓我幫她一點忙。有一次我跟二弟打架，胳臂比我粗的二弟幾乎是故意裝敗，故意挨打——他根本不想打那場架。父親回家，很嚴肅的說了我幾句。母親幾乎可以說是一聲不響，儘管從事情的開始到結束，她始終都在家裡，但是她不說一句話。打架的事情過去以後，我心裡非常後悔，不知道該怎麼樣向二弟表達我的歉意。當時叫二弟端一碗我愛吃的南瓜菜飯拌辣椒到臥室裡來給我吃的，就是母親。二弟一向聽母親的話，他從來不跟我計較，我相信，這也是母親的意思。我聽見過母親對二弟的談話，竟都像父親對我的談話一樣，是嚴肅的，指引人生道路的。她卻從來沒那樣的跟我談話過。

我們全家逃難到漳州去的那一年，我還是個大孩子，一想到謀生就害怕。偏偏有一個只比我大一歲，卻比我能幹得多的女孩子，不但自己在一所小學裡找到了教職，還替我在同一個學校裡找到同樣的工作。她是我們一家人的逃難同伴，她的勇氣激勵了我。我想，我雖然還談不上一個人維持全家的生活，但是至少我應該設法養活自己。我答應了去教書。

我的決定使父親非常高興。他當著全家人的面前稱讚了我好幾次，說我年紀輕輕的就知道要負起長子的責任，是一個了不起的孩子；但是母親仍然一聲不響，好像並不十分重視這件事情似的。我實在應該慚愧，當時我心中對母親竟有了怨意：『在這樣的年齡就出去做事受氣，受氣做事，還不夠委屈嗎？媽媽真是連一句稱讚的話也不說嗎？』

在我教書的那兩年裡，我白天到學校工作，下午一回家就捧起書，拿起書，勤苦的自修數學、簿記、尺牘跟商業書信。當時我毅力驚人，對人生卻是唱低調的。我的盤算是：儘管我有更好的東西要追求，但是對生活卻應該有更壞的打算。我給自己擬定了一個「小學徒計畫」，那就是什麼時候遇到驕傲的，而且有能力折磨我的人，我就可以即刻辭去我的工作，到隨便一家商店去當小學徒。這小學徒可以做最卑微的工作，拿最少的錢，但是不受人看輕，因為他除了每天扛門板，掃地，打雜以外，還能記帳，寫商業書信。為了實現這個計畫，我甚至學會了打算盤。

這個計畫的背後，透露了一個消息，就是我在任教的那所小學裡，正飽受老同仁「欺生」的苦。儘管我教書非常賣力，心裡卻隨時準備走。我為了實現「小學徒計畫」，每天晚上學習到深夜。我一臉英氣的在小油燈下勤苦自修。父親知道我輕易放下文學讀物，自己開起「一個人的學徒補習班」來，心裡非常讚賞，很高興的說：『切實，切實！凡事都應該顧到現實。』但是母親對於我的奮鬥，不抱反感，也不讚美，一直不表示任何意見。

我教書的第三年，父親去世。我又傷心，又害怕，忽然對人生消極起來。二弟安慰母親說，他已經找到合適的工作，每月有一筆固定的收入，家裡的生活苦是要苦一點，但是不會發生嚴重的問題。三妹當時年紀也很輕，她跟母親說，她已經在田賦管理處找到了抄寫的工作，她的薪水也可以拿回來貼補家用。

我，這個家的長子，當時怎麼說？我說：『人生沒有意義，真正沒有意義！』我不想去找工作，完全忘了長子的責任。我覺得我有理由埋怨這個世界。我什麼事情也不想做。母親怎麼樣呢？

她開導我，鼓勵我，教訓我，責備我了嗎？不，她照樣一聲不響，她不說一句話。她用她過慣好日子的雙手去搓衣服，淘米，炒菜。她照樣為我準備三餐，照樣為我準備乾淨的替換衣服。

我荒廢了自修，我不工作，我懷疑人生的價值和意義，但是我照樣有得吃，有得穿。維持這個家庭的生活的，是次子，是長女，不是一家人希望所寄託的長子。母親對這件事的看法怎麼樣呢？她安安靜靜的，不責備我，不找我商量往後的日子怎麼過。她照料我，跟以前沒有兩樣。

我這個悲劇哲學家每天所做的事情就是思索，思索，思索。我從沒想到思索不能製造麵包。我在思索的時候從來沒挨過餓。我儘管固執任性，但是並沒受到任何現實的打擊。我感受不到任何一個人必然會遭遇到的外在的壓力。有一隻手，替我承擔那壓力。

親戚們的看法不一樣。他們認為這個家庭裡有一個人發生了「青年問題」，認為這個家庭出現一個問題青年。有好幾個偶然的機會，我看到也聽到他們焦慮的跟母親談話。他們關心母親，問母親：『你有什麼打算？』他們心裡不安，建議母親說：『應該找一個機會，好好兒的跟他談，讓他醒悟。』

『我會。』母親平靜的說。

我完全用不著擔心，因為我知道母親永遠不會找我「好好兒的談一談」，她永遠不做這樣的事。

在弟弟妹妹都去上班，只有我一個人在家的時候，我也用不著擔心母親會找我「談談」。她平靜的洗衣服，平靜的做飯，和從前一樣，把飯菜弄齊了，替我盛好了飯，然後再招呼我去吃。在飯桌上，我沉默，她仍然平平靜靜的；我話多，她就含笑聽著；我說話或者不說話，她一概不焦躁，一概不抱怨反感。

我的運氣一直不好。有人替我安排好了一個工作，主管約我去談話，我卻跟那個主管談起人生問題來，不像一個去求職的人。還有另外一個機會，我偏偏隔了兩天才去求職，代表公司接見我的，正是那個比我搶先一步的年輕人。他的任務是受命在「萬一我還去」的話，通知我這個職務已經有人了。

我找到一份報館的工作，做得很起勁，偏偏那家報館已經欠薪兩年了。

如果在這樣的時候，有一種外來的力量逼迫我，我就要被毀了。那可怕的環境的壓力，一定不肯讓我靜下來思索，一定會不斷的，不放鬆的，要我去解決我不能解決的問題——儘管那問題是我必須解決的。

可是並沒有這樣的壓力。有人擋住它。

有一位親戚，不聽我母親的委婉解釋，自告奮勇的來勸告我。

『你是家裡的長子。你應該知道責任的重大。你有什麼打算？』這句話，像針似的扎得我心痛。我站起來，避開了他，可是他緊跟著我，不肯放鬆。

『你總得找一件事做，不為家裡著想，也為你自己著想。』他步步進逼。我忍耐著，躲避著，想逃。

他攔截，堵住一切的通路。最後，他激起了我的怒意，他使我神志昏亂。『我天天都在這兒想。你想不想跟我一起想？』我說。

『什麼？』他說。

『你不是有個同學會嗎？』我忽然聽到母親的聲音。『開會的時間到了，你來不及了。』

我走進我的房間，披上外衣，走出了大門。根本沒有什麼同學會。

每一個年輕人都可能遭遇到人生的逆境，但是他遲早會從那逆境裡走出來。只有一種情形可能使他毀滅在逆境裡，那就是過分的關切所造成的焦躁，以及那焦躁對意義深遠的「自我掙扎」的干擾。

回想從前的日子，我感激母親。

母親了解我。母親成全了我。

乾爹

我跟二弟都有一位乾媽。二弟的乾媽是五舅母。五舅母跟我們住在同一個圍牆裡，同一座花園裡。五舅在銀行裡做事，收入很好。最有趣的是五舅跟五舅母都是話很少的人。三個孩子，二女一男，也都是話很少的孩子。所以他們家裡幾乎從早到晚沒有一點聲息，可以算是世界上最靜的家庭。

五舅母愛乾淨。他們家裡，無論是大廳還是臥房，地上都鋪著大紅磚，每一塊大紅磚都擦洗得能發亮光。我們最喜歡脫下鞋襪，光著腳在紅磚地上走動，一方面是喜歡那乾淨，一方面是愛那冰涼。在童年，我跟二弟為了腳底的享受，每天至少要到五舅母家裡走一趟，聽到晚餐開飯了，才提著鞋襪光腳走回家。

五舅長得很英俊，無論穿西裝穿長袍，看起來都很瀟灑。五舅母身材也是高高的，最愛穿旗袍。他們兩個人站在一起，真是般配極了，能使我跟二弟湧起仰慕的心情。他們屋裡那掛著雪白帳子的綠鐵床，那發亮的衣櫥，那乾乾淨淨擺著「飲冰室文集」的大書桌，真像一幅圖畫。每次我跟二弟到那裡去，總可以得到一點乾乾淨淨的東西吃。我得一份兒，二弟得的是雙份，因為二弟是他們的乾兒子。

五舅很喜歡我二弟。二弟也是一個話很少的孩子。五舅會把我二弟抱起來，微笑著，然後再把二弟放下來，再點頭笑笑。二弟也一樣，被懸空抱起來的時候，他笑著，被放回地上的時候，他再笑一笑。那個樣子，真是優雅極了，使我不能不羨慕。有時候我特意上前一步，故意挨近五舅一點兒，但是他並沒對我伸出他優雅的胳臂。我只能想像我的雙腳已經懸空，再想像我的雙腳又踏在紅磚地上。

『因為我不是他的乾兒子。』我想。

有一次，我忍不住對二弟說：『你有那麼好的乾爹、乾媽。』

『你自己也有啊！』二弟得意的安慰我說。

我的乾媽是我的三姨媽。三姨媽不跟我們住在一起，他們住在市郊。三姨媽常來看外祖母，看我母親。母親是三姨媽的四妹。三姨爹難得來，大概每年只來那麼一回兩回。他每次要來，總要在三四天以前先由三姨媽帶消息。外祖母會為了招待女婿預先作種種的安排。三姨爹來的那一天，家裡一定很轟動。

三姨爹身材高大，比五舅還要高出一個頭。他臉大，手大，腳大，我們家裡大大小小都得抬頭看他。他聲音洪亮，一進大門就高聲的跟這個人那個人問好請安。他哈哈大笑的時候，會使小孩子心驚。儘管全家的人都出來跟他相見，但是互相請安以後，一下子又全部走開了，只剩下三姨媽一個人，陪他到外祖母屋裡去坐。他背後跟著一個衣服破舊的粗漢，替他提著一個盒子，一個油盤。那粗漢把東西送到外祖母屋裡，外祖母就得開發一點賞錢，讓他走了。

家裡那空氣是很使我難堪的。我覺得大家都冷落了我的乾爹。但是更使我難過的，是我乾爹也冷落了我。他好像根本就不知道我是他的乾兒子這件事。我感覺得出他哈哈大笑的時候，心裡並不真正快樂。他笑得並不開心，儘管那聲音洪亮得足夠嚇哭一個膽小的孩子。

三姨媽跟三姨爹在外祖母屋裡坐著談話。外祖母在大廳、廚房裡走動，交代廚子、丫頭準備吃的東西。一會兒，外祖母屋裡的談話聲停了，我覺得鼻子癢癢的，接著就聞到屋裡傳出來一陣陣刺鼻的香氣。那香氣不是花香，不是香水香，是一種很濃的，使人迷亂的古怪的香氣。從一家人表情的冷漠，我能感覺得出那香氣似乎是含有犯罪意味的。

並不是好奇，只能說是覺得委屈，我衝進了外祖母的屋子。三姨爹跟三姨媽側身躺在外祖母的床上，像一對身子彎曲的大蝦，面對著面。他們兩個人的中間，擺著剛才由粗漢帶來的黑漆大油盤。油盤裡點著一盞很漂亮的有玻璃罩的小燈兒。三姨媽用一根細鐵扦子，在一個小罐子裡調弄黑色的膏。三姨爹手裡舉著一根菸槍，把菸袋鍋子挪近小燈火，一口一口的往裡吸氣。那香氣聞起來更濃了。

床邊桌上擺著茶盤，有一壺吐著絲絲熱氣的新沏的茶。另外還有三盤甜點心：綠豆餡兒餅、蒸糕、花生酥。三姨媽一看見我，就坐了起來，笑著，在床邊桌上的盤子裡拿了兩個綠豆餡兒餅，說：「過來，拿兩個去吃。」那綠豆餡兒餅本來是香噴噴的，但是在那充滿古怪香氣的屋子裡是聞不到了。我跟三姨媽搖搖頭。我不想吃。我一溜煙兒跑出了屋子。

每年二弟生日那一天，五舅母會來把二弟帶走。到了傍晚，二弟興奮得臉紅紅的回屋裡來，手裡抱著一堆吃的玩的，一樣一樣的點給我看。凡是吃的，就分給我一份兒；玩的，就都推到我面前，讓我也玩玩。我吃著，玩著，同時也傷心著。

我的生日，三姨媽從來沒接我到她家去過。我從來沒接到過禮物。倒是母親總記得給我做一碗「黃魚麵線」讓我嚐嚐，父親也從來沒忘帶我上街隨便給我買點兒東西。我真是年年傷心過生日。

上小學五年級那一年，過生日的前幾天，我去找父親商量，能不能把買生日禮物的錢給我，讓我去買書。父親說：『禮物照樣兒給。你要買什麼書，另外拿些錢去買吧！』

我隨口問父親：『我乾爹還好嗎？』

父親嘆了一口氣說：『為了那個嗜好，把很大的一筆家產耗得只剩一座祖屋。好在你乾爹是一個有毅力的人，現在已經戒掉了。從前是大戶人家的少爺，現在肯靠著種菜，賣力氣過活，這就很難得了。』

外祖母的屋子是我每天都要去的。老人家也問我生日可以得到些什麼禮物。她的話又引起我的傷心。我說：『跟爸爸要了點兒錢去買幾本書看。就是這樣子了。反正乾媽是不管這件事的。』

外祖母笑著說：『乾兒子埋怨起乾媽啦？』

我也笑著說：『外婆，我說錯了嗎？』

生日的那一天，大表哥忽然來了，說三姨媽叫我飯前到她家去一趟。我問二弟要不要也一起去。他搖搖頭說：『是你的乾媽，不是我的乾媽。』我只好一個人跟著大表哥走了。

我們走了不少的路，好容易才走到了市郊。大表哥遙指遠遠一個綠水池塘說：『池塘後面就是。』

池塘邊都是瓜棚，擋住了視線，只露出一角紅瓦屋頂。大表哥指著那一溜兒瓜棚、瓜架，說：『這是我父親種的。』

我說：『三姨爹也會種菜嗎？』

大表哥很懂事的說：『要過日子，不會也會了。』

三姨媽的家是一座農家平房，淺淺的，兩房夾一廳。大廳在中間，兩頭兒是臥房。我看到地上的大紅磚是剛剛洗過的，還不十分乾，可是院子裡的雞已經上來昂頭闊步，拉了不少的雞屎在地上了。

飯桌擺在大廳當中，桌上擺了十幾樣菜。三姨媽正在上一碗熱湯，看見了我，就叫我坐好，等她給我盛飯。我聽到腳步聲，回頭一看，三姨爹也從菜園回來了。他已經不是我小時候見過的那個高大白胖的闊人家的少爺。他曬得黑黑的，光著腳丫子，扛著鋤頭，一身是汗，右手揮著草笠給自己搧風。

他一看到我，遲疑了一會兒，大聲說：『你來啦！』這是他第一次跟我說話。

我趕緊站起來，不知道該怎麼回答。我想起從前他到我們家去，全家大大小小對他的冷淡，想起這幾年我的委屈和傷心。一年一年的，我堆積在心裡的怨言不是一下子說得完的。我該怎麼開口？『三姨爹，這幾年來，您使我受了多少委屈！我二弟過生日。就有乾爹叫人來接到家裡去。我過生日，只好回到房間裡躲起來。』我是不是該這麼說一說？

看到三姨爹，我忽然覺得這些話都可以不說了。站在我面前的，是一位種田養家的好父親，是一位悔悟靠自己，站起來也靠自己的長輩。我心中湧起了敬意，我知道該怎麼說話。

『乾爹！』我恭敬的說。這是我第一次當面喊他。

他笑了，點點頭：『你看我這一身臭汗。我去洗洗。』乾爹本來就是很會說話的。乾爹本來就是聲音洪亮的。『乾兒子，來，快嚐嚐這個。這是你乾爹種的！』『乾兒子，來，快嚐嚐這個。這是你乾爹養的雞！』我的那一頓生日飯，是在我乾爹的池塘邊，在我乾爹的最後一座祖屋裡，在剛洗過即刻又被公雞母雞弄得很髒的大廳裡，在「乾兒子」「乾兒子」的親切招呼聲中吃完的。

臨走的時候，乾媽從屋裡拿出來一盒食物，叫我帶回家跟弟弟一起吃。我在半路上，忍不住撕破一角包裝紙，揭開紙盒的一角，定神一聞，聞到一陣香氣。我用右手的食指伸進紙盒裡試探試探，原來是一滿盒我最愛吃的綠豆餡兒餅。那是小時候，乾媽拿了兩個給我，我卻為了屋裡那一股古怪的香氣，心裡迷亂，不肯要的。

我第一次不遵守母親的教訓，撕破了紙盒，拿出一個還溫熱溫熱的綠豆餡兒餅來，邊走邊吃。我是「沿途吃東西」啦。

古堡

計程車司機跟我說：『廈門就是蚊子太多。』車子正經過有美麗街樹的臺北中山北路。

地理書上描寫最古老的廈門，說我的家鄉是「市內小河密布，池塘處處」。還說，最有名的河流有十多條，最有名的大池塘有五處。那河流不像黃河、長江，那池塘也不像青海、太湖，必定都是短短的，小小的，而且在我懂事的時候也幾乎全都消失了。我只記得我家對面美麗的中山公園裡那個綠色的大池塘，我們常在綠水上划白色的船。那大池塘就叫「魁星河」，真綠。

廈門島是海裡的一座山。雨打孤山，雨水沿著山坡往下流。古老的地理書上所描寫的古老的風光，大概就是我們想像得到的多雨地區的山腳風光吧。

計程車司機說：『那些蚊子，咬得我身上一個疙瘩一個疙瘩的！』車子正經過國賓飯店。

我所知道的蚊子最多的地方是「古堡」。「古堡」是一座全部用石頭建造的大廈。我跟二弟叫它古堡，因為我們兩個都讀過格林童話、安徒生童話。小時候，我們把家鄉看成歐洲。

古堡在廈門島的東北角上，也就是廈門人所說的可以看到「外海」的一片遼闊海岸，處處是白淨的沙灘。那座雄偉的大廈，採用的建築材料是白白的花崗石。大廈的形狀像一個「口」字，包圍著有兩個網球場那麼大的大天井，大廈只有兩層樓高。早晨，海上日出不久，天井的西邊就開始有陽光。日正當中，天井成為一個燦爛的金色四方。夕陽西下以前的幾分鐘，天井東邊地上的一線淡淡的陽光，會沿著牆壁慢慢上移，最後爬上了房頂，天井這才完全消失在陰影裡。那時候，走到房子外面的蓖麻地裡去看屋外白色的西牆，卻已經是一片夕陽紅了。

這座大廈是一位建築師的理想跟一位在南洋發了財的僑商的錢合作完成的。馮諼花了孟嘗君的一大筆錢去幫他買「義」，這位建築師花了僑商一大筆錢去幫他買「美」。白色的大廈在顏色上跟它的環境，白色的沙灘，完全融化在一起，好像它本身會失去了「形狀」。可是建築師利用每天上下午的陽光來給房子染色，來給房子描出形狀，使那海上的大廈看起來格外美麗，格外像是用「光」造成的建築物。

五姨父就住在這座「四合樓」的北樓樓上。大廈出入口的兩座大拱門，就在北樓樓下。東樓、南樓、西樓，都是沒人住的神祕的地方。廚房在北樓樓下的西邊角落上。五姨媽每天燒飯，從臥室到廚房，要走一段很長很長的走廊。『端一盤菜到樓上房間裡吃，就像端一盤菜去遊街。』她說。大廈還沒有電燈，夜裡點的是油燈。那種最會在牆上製造大黑人影的油燈，使這座大廈在夜裡看起來非常恐怖。

『一到夜裡，全家走進這大房間，擠成一團，才敢入睡。我們是一切聲響都不聽不管的。』五姨媽說。

這座大廈是五姨父的族人的產業，剛造成不久，內部裝修都還沒開始。業主還住在新加坡，只回老家來看過這一塊地一次，就沒有再來過，當時還沒拿定主意是不是回國來住。五姨父是因為日子不好過，想起這位出色的白手成家的族人，寫信去求援。業主的安排是每月給五姨父一點津貼，讓五姨父幫他看住這座他只看過設計藍圖跟落成照片的大廈。他信裡說：『屋前空地，盡可種植蓖麻，屆時出售，或可勉維生計。』

父親對各式各樣的工業都有興趣，他願意投資，鼓勵落在困境中的五姨父種植蓖麻。他願意設廠榨油，製造工業用油。那一天，他租了一輛黑色的大轎車，帶我們全家去拜訪五姨父。我們是將近黃昏的時候抵達白色大廈的，所以能看到夕陽在大廈白牆上的表演。非常「羅曼蒂克」的父親，為了要讓我們嘗嘗海上大廈的生活，還特地在那裡住了一夜。第二天下午等黑色大轎車再來接，我們才告辭回家。

那天晚上，母親跟五姨媽，父親跟五姨父，都在油燈下談話到深夜。他們有時候挪動身子，有時候舉手加強語勢，有時候站起來喝茶，牆上巨大的人影也跟著作令人心驚的表演。兩家的幾個孩子，臨時鋪著席子，睡在地上餵蚊子。蚊子真大，叮人真疼。天亮以後，身上一個疙瘩一個疙瘩的，就像計程車司機所說的。

早晨，母親告訴五姨媽，孩子都讓蚊子咬壞了。五姨媽落淚說：『定做的蚊帳還沒有去取。到這裡來的頭一天晚上，我整夜坐在孩子身邊趕蚊子，想到從前我們過的日子，現在落到這個地步，整整哭了一晚上。現在我的兩個孩子都被蚊子咬慣了。我沒想到你的孩子是受不了的，真對不起他們。』

五姨父家的人口簡單。他只有兩個孩子，就是跟我同年的大表姊跟小名兒就叫「狗王」的表弟。五姨父的家境原先很好。他是獨子，繼承了全部財產，足夠吃喝一輩子。可惜他跟廈門一般的富家子弟一樣，也跟我的三姨父一樣，染上了造成鴉片戰爭的那種煙癮。比較起來，父親是幸運的。父親是青年時代都住在日本，而且我們姓林的一向是「鴉片的敵人」。

五姨父是一位長得很漂亮的男人，用現代話說，他具有「男性的魅力」。他身材適中，臉上的皮膚很白，有兩道濃眉，留著迷人的鬢毛，說話的聲音低低的，柔柔的，有很美的啞嗓兒，帶著磁性。他待人的態度非常誠懇，一言一語都具有說服力。他很少長篇大論發表自己的意見。他的話總是那麼簡明，那麼親切，那麼短。可惜的是他染上了那種嗜好，臉上就經常帶著熬夜人的蒼白，那是會使小孩子害怕的，所以我很少主動去跟他接近。

我不知道五姨父的家產是不是有百萬，只知道當初他日子過得實在舒適極了。後來，他發現這種不生產的日子延續不下去了，因為他所有的一切都已經化成一種迷人的香氣，隨風飄失了。他痛悔自己上了英國毒品商人的當，決心振作，要戒掉那種「從印度來的東西」。

我聽五姨媽說過：有一天，五姨父叫五姨媽拿繩子，把他的手腳綁在床頭床尾的鐵欄杆上。他躺在床上像一個「大」字，靜靜等著煙癮發作。五姨媽害怕得很，因為她聽說過毒癮發作的故事。後來，她才知道事情並沒有那麼可怕。『他腦門上的汗珠有黃豆那麼大，咬牙發出格格的聲音像嚼石頭子兒。一句話不說，一動不動，閉著眼睛，含著眼淚。第二天，他就叫我解開繩子，餓狼似的吃了兩碗飯，事情就算過去了。』五姨媽說。

五姨媽在五姨父闊的時候敬愛五姨父，在五姨父窮的時候更敬愛他。我想，那就是因為五姨父有男人氣概，享受的時候盡情享受，悔改的時候立地成佛。為了洗罪，油煎刀剮他都能忍受。

新生以後的五姨父，挑過擔子，做過小生意，也挨家挨戶去賣過布。他喜歡把這些生活經驗說給親戚朋友聽。『你們都沒嘗過這種味道吧？』他常常這樣說。他不管怎麼掙扎，總不能脫離生活的困境，但是他並不洩氣。

最使我感動的是長輩們心中的不可動搖的平等觀念。他們只知道有親戚朋友，重視那情分，並不區分什麼社會地位。這正是我們的現代精神，可見在我童年的時候，我的長輩的思想就已經很新了。他們聚集在一起，有銀行裏理，有學者，有大老闆，有教師，有布店經理，有養鴨的，有小販，也有賣布的，但他們都很親切和好。那時候，五姨父豐富的生活經驗反而使他成為聚會裡的重要角色。

訪問白色大廈的第二天上午，父親跟五姨父一起到房子外去看地，討論種蓖麻的事情。我也跟在他們背後，一起去看海景。海邊陽光很好，海風吹得人心裡非常舒服。父親細心觀察那一片地，蹲了下去，抓起一把土來研究。五姨父停下腳步，站著看，我恰巧走到他身邊。

他回過頭來，笑著，看著我。我想他是想找句話跟我說說。

『趕快長大。將來賺了大錢，回來在這兒蓋一座比它更大的房子吧。』他指著白色大廈對我說。

我也笑了。

我非常珍惜那一次談話，因為五姨父的那句簡短的話，使我知道他雖然身在困境裡，卻能不失去做人的風趣。

卷二

牧羊人

金萬伯

我十四歲那一年，我們全家逃難到香港，住在碼頭附近一家米店的四樓。米店的隔壁，就是一座六層樓的旅社。

四樓臨街是一個淺淺的陽臺，可以在那裡眺望海港風光，看到輪船和大帆船進進出出。陽臺靠裡面的地方，是一個裝了玻璃窗的相當寬敞的客廳。那客廳的寬度也就是樓的寬度。只有坐在那客廳的沙發上，才能真正享受到樓居生活的美趣：空氣、陽光、港景。

客廳再往裡走，光線就差了。這一部分可以算是臥房部分。樓的寬度的三分之一是長長的過道，其他的三分之二用木板隔成了大大小小的四間臥房。

臥房部分再往裡走，就是樓梯間。樓梯間的那一頭兒，也就是每一層樓的最後一節，也分成左右兩部分。左邊是全世界最小巧的廚房跟浴室，右邊是天井。那天井真像一口井，不過那口井裡裝的不是水，卻是每一層樓的廚房冒出來的油煙跟水氣。住家最要緊的廁所，設在房頂上，有兩個小門兒，兩個坑，兩個馬桶。每隔兩三天，就會有香港聞名的馬桶人，背著空馬桶到房頂上去掏大糞。他們做完工作，背著沉重的大馬桶，背向外，面向樓梯，雙手扶著梯級，一級一級的倒退著爬下樓去，看了真叫人心驚。那真是一種特技。萬一他們不小心跌下樓去，樓上樓下，真要成為遍地黃金了。

一個客人如果要到我們住的地方去作客，他走的路線是這樣的：一直走進米店的後進，上樓梯，爬到四樓，向左轉，走過陰暗的通道，經過四間臥房，最後才到達有陽臺的敞亮的客廳，那就是他接受敬菸敬茶的地方。換句話說，每一個客人都像是從你家的屋子裡走出來拜訪你而不是「從外面進來」的。

我們全家就住在最靠近樓梯間的一個大臥房，那是最「長」的一個臥房，可以擺兩張床。再過去，小一點的一間是六舅的臥房。隔著板牆，再過去的一間，是房東的臥房。房東的臥房再過去的一間，也就是最靠近客廳的一間臥房，租給一對中年夫婦。那間臥房是四樓裡租金最高的一間；因為客廳就在房門外，陽光和港景就在客廳外，接待訪客最方便，容易使訪客心中有「那客廳就是他家獨用的客廳」的好印象。

實際上在租約裡，那客廳是四間臥房的住戶公用的，只是有個限制，就是小孩子一律不許到那客廳去吵人。小孩子要玩兒，只能在臥房裡玩兒，要不然就到街上去玩兒。

我們家一共有四個孩子。我只記得我跟二弟是怎麼度過那一段日子，可是對於妹妹跟五歲的小弟每天的日子是怎麼過的，卻一點印象也沒有。我猜想他們一定是整天關在臥房裡，把兩張大床當作遊戲場，在這張床上走走，再到另外一張床上散散步。我所記得的只有一點，就是那時候他們也很快樂。

我跟二弟是一組，每天上午結伴出門，幫母親到菜市場去買菜，學廣東話。母親把要買的菜告訴我們，我們就用蠟筆一樣一樣的分別畫在一張一張的小紙片上。到了菜市場，我們就把小畫片交給菜攤子，同時用廣東話向菜販請教：『尼個叫末野？』（這個叫什麼？）菜販就大笑，招呼旁邊攤子上的人來看我們的畫片，然後教我們幾句廣東話。每天早晨我們一到菜市場，菜販就會笑著說：『兩個畫畫兒的小佬來啦！』

香港街道的廊子上，到處都是賣報紙的地攤兒，報紙真是又多又便宜。我跟二弟常常跟母親要幾個「仙」，到報攤上去選幾份報，帶回家來剪各種刊頭。我們兩個孩子從小就喜歡蒐集報紙的各種刊頭設計，在香港的那一段日子，收穫最豐富。我們特別喜歡欣賞街景，在「皇后大道」上討論鼻子聞得出來的英國氣味，看大建築物，到寧靜美妙的住宅區去散步，清晨在街頭喝熱熱的「魚生粥」。我們確實已經習慣「生活在街上」了。

我們剛住進米店四樓的那一段日子裡，房東恰好到澳門去旅行，除了父親來租房子的時候跟房東見過兩次面以外，我們全家都沒見過這個「在香港有一層樓」的闊人。父親只告訴我，房東叫黃金萬，交代我見了他要稱呼他「金萬伯」。我牢牢的記在心裡，夜裡躺在床上想像他的模樣。我很自然的把他想像成一個高高大大的胖子，身上穿著蘇格蘭呢的大花格子西服。

有一天上午十點多，我跟二弟買菜回來，剛爬到四樓，就聽到整個屋子裡都是洪亮的說話聲。母親接過我們提回來的菜，輕聲的說：『金萬伯回來了。爸爸等著你們兩個去見見他。快過去吧！』

我跟二弟洗過了手，回到臥房，父親見了我們，就說：『你們跟我來吧，去見見他。』

到了前面敞亮的客廳裡，我看到一個高大的男人，左手拿著一杯茶，右手拿著一條擦汗的毛巾，上身穿著白色運動背心，下身穿著一條花內褲，咖啡色的短襪還沒脫，腳上套的是一雙皮拖鞋。這位五十多歲的大男人，滿臉紅光，肚子很大，站在客廳中央，低著頭看著我跟二弟。

我們兩個小孩子都恭恭敬敬的喊了一聲「金萬伯」。他很高興的放聲大笑，跟租用前臥房住的中年太太說：『兩個很秀氣的男孩子對不對？可惜太單弱了，對不對？這種孩子可以當文人，不過當不了船員，對不對？』

他說著，就伸出拿毛巾的右手，連手帶毛巾的在我肩膀上用力摁一摁，摁得我肩膀一歪。他哈哈大笑說：『我的兩個兒子都是當船員的。錢多呀，知道嗎？男子漢應該學賺錢，多賺點兒錢來花花。知道嗎？』

我知道他是開玩笑，忍不住也笑了。這更使他高興了，索性放聲的「哈哈」起來，那笑聲把海港裡小拖船的汽笛聲都蓋住了。

他回過頭去，跟父親說：『像這麼文靜的男孩子，可以到客廳裡來。沒問題，這客廳他們可以來！』他注視著我，又重複了一次：『沒問題，你們可以到客廳裡來，知道嗎？少年老成，沒問題。』然後又對父親說：『少年老成，這句話說得對不對？是這四個字吧？』

父親點點頭。他大大高興，又放聲大笑起來。

金萬伯是一個率直熱情的人，喜歡學習各種文句，尤其是四個字兒的。他把豐富的人生經驗發展成理論，然後說出來，問別人，他到底說得對不對。只要別人點一下頭，他就會快樂半天。

他所提過的兩個船員兒子，只要所服務的船開到香港，必定會帶著一點錢來孝敬他。兩個兒子在他面前都是站直了身子，垂下了胳臂，恭恭敬敬的回話，從來不敢在他面前坐著的。金萬伯雖然平日有說有笑，可是看到兒子，臉上的表情一下子就變得非常莊嚴，不說一句笑話，也不讓他們坐著休息。

『兒子總是兒子，總該有個兒子的樣子。我雖然平日愛說兩句笑話，可是在兒子面前絕對不說。這就叫「父父子子」。我到底說得對不對？』他說。

他已經有很多錢了，根本不需要兒子拿錢來養活他，但兩個兒子每次送錢來，不論多少，他總是全數照收。

『這就叫「反哺之義」。我這四個字用得對不對？』他說。

金萬伯很懂得生活的享受，他把早餐跟中飯讓前房的房客承包。那位中年太太每天替他燒兩壺開水，預備兩頓飯。至於晚飯，他一向是在館子裡吃的。

每天早晨，他總是消消停停的先在客廳裡坐一會兒，看看港景，看看海鷗，然後再進一點補品，吃的不是牛奶雞蛋，就是中國式的銀耳燕窩。中飯吃得清淡，通常是兩碗稀飯跟兩三道小菜。晚飯是在外頭選不同的館子吃，一天一個樣兒，哪一個館子有名氣就上哪一個館子。上完了館子，他就到先施公司五樓的屋頂花園去聽歌，夜深才回家。

他回家的時候，為了不願意吵醒房客，總是輕手輕腳的。住前房的中年太太聽到他房門響，不放心，總要招呼一聲：『是金萬叔嗎？』這一類的話。他聽了，就極力壓低聲音說：『是我，放心的睡吧。說話聲音輕一點，別把大家都鬧醒了。』我每天晚上往往就被他這幾句「輕輕的話聲」吵醒。他是天生的大嗓門兒。

『一個男人要懂得賺錢，也要懂得花錢。新奇玩藝兒都該看看，山珍海味都該嚐嚐。這就叫「及時行樂」。我這四個字用得對不對？』他說。

那時候香港的歌廳已經有唱國語歌曲的了。他愛聽的是愛國歌曲。『雄壯！』他說。

有一天早晨，他招呼我說：『小兄弟，你過來！』他指著手裡的一份歌詞，叫我看看上面的「吼聲」兩個字，說：『你是懂得的。我聽歌廳裡那個女人唱的是什麼「猴聲猴聲」的，分明唱錯了，應該是「孔聲」才對。你說是不是？』

我說：『歌廳唱得對。這個字不該念「孔」。』

他聽了，大吃一驚，說：『那麼那個女人是對的啦？該死該死。我昨天晚上散場以後，還特地到後臺告訴那個女人，以後一定要唱「孔聲」。今天晚上我再去告訴她，叫她以後還是唱「猴聲」好了。』

父親決定再帶我們到越南去逛逛。離開香港的前幾天，我在陰暗的過道上遇到金萬伯正要出門。他拉住我說：『小兄弟，你們又要走啦？我有一句話規勸你，不曉得說得對不對。你生活安定下來以後，最好還是趕快回學校去念書。我那兩個兒子你是見過的。他們念書太少，跟他們的一表人才不相稱，只怪我叫他們出去賺錢太早。現在他們錢也有了，房子也有了，老婆也有了，就是文句不好。我說得對不對？你懂得我的意思吧？』

我很感激他的規勸，後來也依他的規勸做了。他臨別所說的話，好像還在我耳邊：『你父親帶你們去「四海為家」啦。我說得對不對？哈哈哈哈……。』

牧羊人

我在中學念書的時代，父親忽然對畜牧業發生了興趣。

父親是一位實行家，對種種實業有最廣泛的興趣，一生永遠處在「發現另外一種更有意義的事業」的狀態中。他在經營像「資生堂」那樣的化妝品工業的時候，對煤炭業發生了極濃厚的興趣。在他剛剛投資經營一家小規模的煤炭行的時候，他對餐館業發生了極濃厚的興趣。

父親投資經營的「九龍餐廳」，請的是一位汕頭籍的大師傅，燒得一手出色的廣東菜，燒賣跟廣東大包更是他的拿手。在剛開張的時候，父親興致很高，又是發行「長期特價餐票」，又是徵求「食友俱樂部」會員，每天變化供應一道「特價名菜」，每星期日上午舉辦「食量比賽」，弄得非常熱鬧。可是過了不久，他的興趣轉移到書店業。

父親每天早上一到了「九龍餐廳」，就把自己關在二樓的一個房間裡，研究起「理想書店」的計畫來，而且跟餐廳對面開明書店的分店經理交上了朋友，請他來餐廳吃東西，向他討教。那時候，我為這件事非常高興，因為那分店經理自從跟我父親認識以後，就不再把我當作外人。我買開明書店出版的書，一律按同業優待付款。

不久，父親果然在鼓浪嶼的「黃家渡」開起一家「新舊書店」來了。書店分成左右兩部分，左邊賣新書，右邊賣舊書。父親最得意的一件事是：新部門的樣品書被讀者翻舊了，就可以移到右邊舊部門當舊書賣。我跟弟弟課餘都到那裡去實習過，因為生意清淡，所以我們都飽讀了許多好書。四厚冊的《科學大綱》譯本，兩厚冊的插圖本《文學大綱》，都是在那黃金歲月裡讀的。那時代，因為在店裡讀過兩部林肯的傳記，因此林肯竟成為我一生的指路人。我對英國十八世紀的文壇霸王「撒姆爾．約翰孫」的生平也發生了興趣，因為他父親也是開書店的。所不同的是，根據傳說，約翰孫對他父親非常不孝順，成名以後才深深的後悔，可是他父親早就離開寂寞的人間了。

我跟父親的感情卻不是那一型的。父親對我非常親切，一生永遠含笑跟我說話；我非常敬愛父親，沒有不可以跟父親說的話。我父親最偉大的地方，是他有耐心聽兒子說明自己的意見。這個兒子，雖然會讀《文學大綱》，實際上只不過是個不懂事的中學生。早在我小學畢業那一年，父親就已經允許我跟他「商量」一切的事情了。

就在我們為父親開書店心花怒放的時候，父親忽然對畜牧業發生濃厚的興趣。父親告訴我，他已經看上了一塊靠近海邊的地。那塊地的租金不貴，而且靠海的那一面有很理想的防風林。他決心租下那塊地，養幾百隻雞，經營一個養雞場。

我反對，說：『無論經營哪一種事業，只要有恆心，都可以發大財。我覺得老是變花樣並不好。』

父親想了一想，嘆口氣，說：『你的話說得也對。』然後，他含笑反問我說：『如果我不干涉你，你這一輩子想幹什麼？』

那時候我正在作作家夢，就很不好意思的回答說：『寫東西。』

他聽了，覺得好笑，就半開玩笑的責備我說：『太使我失望。』可是我從他的眼神裡，看出他一點兒也沒有不高興的樣子；不但沒有不高興的樣子，反而閃爍著使我迷惑的奇異的光彩。

我發現父親每天早上起得很早，靜靜的在書桌上寫東西。一個多月以後，有一天，父親把我叫了去，很高興的拿出兩本雜誌給我看，說：『這兩家雜誌舉辦付稿費的徵文，我寫了兩篇東西寄去，都發表了。你拿去看看。』

我讀了兩篇文章，很驚異的發現父親的白話文流利極了。一篇寫的是我們家的有趣生活，一篇寫的是虛構的牧羊人的自白。父親的國語是幾年前跟一位北平籍的國語教師學的。那位教師住的房子很好，門口掛著「國語專修」「北平某某某」的牌子，收的學費很高。父親眼光獨到，花大錢去學國語，國語成了他寫白話文的資本。

那一天，父親的心情很好。可是收到稿費以後，就不一樣了。他還是用那種半開玩笑的態度笑著跟我說：『你知道我忙了好幾天總共得到多少錢了，對不對？你不是打算一輩子寫東西嗎？你要是真有那樣的打算，我也該有個接濟你一輩子的打算了。』他跟我做了一個『走吧！』的手勢，帶我到一家福州人開的館子裡去吃東西，把忙了好幾天弄來的一點點錢花了。

從此以後，父親就再也不寫東西了。他叫我跟弟弟到書店去挑些喜歡的書，搬回家來看，然後把書店賣了。接著，他很神祕的，每天一大早出門，黃昏才回家，不告訴我們他在忙些什麼。三四個月以後，有一天黃昏，他帶了一個陌生人回家，給我們介紹：『金旺叔。』

金旺叔是一位三十七八歲的人，頭髮不抹油，很亂，像坡上的野草。他有一張方形的臉，下巴是平寬的，幾乎成一條橫線，整張臉就像一本豎起來的三十二開本的書。眼睛很小，沒有光彩。嘴唇很厚。他穿的是漢裝，上身是一件對襟衣，下身是一條短了一點的布褲，不很乾淨。腳上穿一雙肉色的半長襪子，一雙成了灰色的舊黑布鞋。身上不掛懷錶。他的小腿很粗糙難看，那襪子卻是新的，很不調配。

我聞到他身上有一股青草味兒，有一股腥羶氣。他不像一個會說話的人，很拘謹，好像我們家的氣氛拘束了他。我們家裡從來沒到過這樣的客人。他的出現，給人一種家裡就要大興土木或者就要搬運什麼的預感。他給人正直忠厚的印象。使人不放心的是他的小眼睛，可是我注視一次，就安心一次。那小眼睛裡閃爍的是謹慎的，謙抑的，帶著善意的光彩，不是那狡猾的，蛇一樣的窺探的神氣。

父親介紹的時候，我喊了一聲：『金旺叔！』他竟恭恭敬敬的站起來向我一鞠躬。父親招呼了三次，他才肯勉強斜著身子在椅子上坐下。母親端茶過來的時候，他一驚站了起來，竟碰歪了八仙桌子。我回到自己的房間以後，父親就和和氣氣的跟他算起帳來。他對我父親很尊敬，我一直只聽到父親親切的語聲，沒聽到金旺叔說過一個字。

他告辭的時候，幾乎是倒退著走到門口的。父親關好了大門，就宣布說：『我已經投資經營一個小牧場，養的是羊，每天還賣羊奶。這個牧場就在對岸的廈門鄉下。』

我吃了一驚，原來父親並沒放棄畜牧業，他只是答應我不養雞。母親好像比我知道得多些，所以只是問一句：『這就是你雇的看羊的夥計嗎？』

父親趕緊糾正說：『不是夥計，是我的合夥人。我出資本，他負責管理，利益一人一半。』

母親笑著嘆了一口氣，微微的搖頭。

接著來的那個星期日，父親帶我們渡海到廈門去看他的小牧場。山坡上一棵大榕樹下，有一間舊瓦房。瓦房對面是羊圈，也蓋著瓦頂。房子裡沒有人影人聲。父親親自上山去找金旺叔。我因為不喜歡在那陰暗的屋子裡待著，就一個人站在屋外榕樹下眺望。

父親跟金旺叔從山上走下來了。我看到的金旺叔，穿的是汗衫，褲腿挽到膝蓋上，光腳，戴著草笠，手裡搖著一枝細竹子，腳步輕快，臉上有笑容，跟他到我家去的那種拘束不安的樣子完全不同。那陽光，那山坡上的怪石，那青草，似乎都是為他設置的。他是那一片山坡真正的主人似的，臉上充滿謙和跟自信。他很高興的招呼我們，滔滔的說著話。我很驚訝：一個人只要能活在對他合適的環境裡像樹種在合適的土壤裡，本來枯萎了的，就能一下子變得挺拔。

金旺叔在自己的家門前，用他那完全善良的小眼睛看著我，意外的跟我說了一句話：『喝一碗羊奶吧。』他的態度，親切像一家人。

我對這個小牧場的前途本來沒有信心，但是看到金旺叔在牧場裡動人的神態以後，我的想法改變了。我相信金旺叔是一個能夠有恆的經營這個小牧場的人。父親告訴我，金旺叔會讀報紙，能寫信，而且是可靠，講義氣的人。我完全相信。這位牧羊人確實是一個信得過的君子。

半年以後，我們全家匆匆逃難到內地。父親因為一路辛苦，吃得又省，一到漳州就得了一場大病，全家陷入經濟恐慌中。

母親交代我趕緊寫幾封向親友請求接濟的信。我的第一封告急信就是寫給金旺叔的，但是他跟其他的七位收信人一樣，都沒有回信。我到附近一個小學裡去代課養家，心裡卻一直想念著那位牧羊人。我一直告訴自己說：『我並沒把地址寫錯。他是不是出了事啦？』心裡一直為他不安。

有一天下課回家，看到父親病床邊坐著一個人，仔細一看，正是金旺叔。他告訴我，他也逃到內地來了，並沒接到我的信。他根據父親初到漳州寫給他的信，找到了我們。他的目的地是泉州，但是卻先到漳州來，因為他要把賣羊的錢全部交還父親。

『羊還沒有養好，大家就散了。那一半的錢我也不要了。』他說。他是一點也不重視契約的。他重視的是比一張蓋了圖章的紙更重要的義氣。

西洋田園小說裡常常描寫年輕的，正在戀愛中的俊美牧羊人。我認識的卻是一個講義氣的，長得很不漂亮的中年牧羊人。

灼如伯

父親對於交朋友有一套清明澄澈的看法。『對待朋友要誠懇，要誠實。要有幫助朋友的心，但是嘴裡不能說著幫助朋友的話。』他說。

在父親對兒子傳授人生智慧那樣的場合，他告訴我：『生活上的禮節，日常的應酬，當然是免不了的。你要跟人和好相處，就不應該忽略這些細節。不過我跟你談的是另外一回事，就是怎麼樣去分辨真正的友誼。如果你送一個朋友禮物，幫一個朋友的忙，他永遠不報答，可是你還是那麼願意送他禮物，那麼願意幫助他，這就證明你是真心喜歡這個朋友。這種友誼是可貴的。一個人一輩子總得有一兩個這樣的朋友才有意思！』

他又快樂含笑像一個小孩似的說：『倒過來，如果有一個朋友，幫助你，送你禮物，你永遠不報答，可是他還是那麼願意幫助你，那麼願意送你禮物，這就證明那個朋友是真正喜歡你。一個人一輩子有一兩個這樣的朋友，真是大福氣！』

在我十五歲的時候，我聽明白了他的話，不過並不真懂。可是到了十七歲，中學裡幾個最要好的同班同學，真的使我享受到父親所描寫的那種「福氣的友誼」。那是一個開始。從此以後，一直到現在，儘管滿頭黑髮已經出現了白色的蘆花，我享受的還是這樣的友誼。那是多叫人寬心的友誼啊。

父親真是一個懂得交朋友的人。有一次，父親的一位朋友家裡有喜事。父親早就接到印了金字的大紅帖子，可是到了日子卻忙得忘了去道賀。第二天，母親心裡很不安，問父親該怎麼辦。父親含笑說：『就是忙忘了，有什麼關係。』

過了幾天，那位朋友高高興興的來看父親。父親跟他談得連道歉都忘了。還是母親特地出來打斷他們的談話，向客人表示歉意。那位朋友回答的話，跟父親幾天前所說的完全一樣：『就是忙忘了，有什麼關係。』

這就是父親說的：『一個人一輩子有一兩個這樣的朋友，真是大福氣！』我所知道的，這樣的朋友，父親不只有「一兩個」。

在我十一、二歲的時候，特別愛家的父親，偶然也會忽然像個毫無牽掛的單身漢，打扮得整整齊齊，輕輕鬆鬆的跟母親打個招呼，開了大門就往外走。我總有那麼一種想法，認為父親既然有了我，有了我弟弟跟我妹妹，除非是出去辦正經事，就不應該扔下孩子，一個人出去玩兒，所以就會靜靜的在後頭跟著，表示沉默的抗議。

我有很好的機會可以觀察父親的淺灰色新西服的剪裁，觀察父親輕快的步態，並且很難得的聽到父親輕輕的吹口哨。他完全不知道我就在他背後。這個住宅區的道路，行人一向稀少。不然的話，這樣的一幅「父子圖」一定會使路上行人看了失笑：父親那麼活潑，兒子那麼不快活。

慢慢的，我心中會湧起一股怒意，忽然向前趕兩三步，伸手扯住父親的衣服。父親會吃了一驚，回過頭來看我。

『爸爸，你上哪兒去？』我會含著怨意的問。

『爸爸去找灼如伯談天去。快回去。我會帶吃的東西回家給你們三個。乖，快回去。』他會這樣回答。

我跟蹤父親不止一次，每次總聽到父親提起灼如伯這個人。

母親總是含笑的安慰我說：『爸爸不是出去玩，是去找灼如伯談話。』灼如伯是怎麼樣的一個人呢？他從來沒到我們家來過，但是母親見過他。『高高的。』母親說。

父親有時候也會自動跟我談起灼如伯：『高高的。你從來沒見過那麼高的人。出門喜歡帶手杖，很神氣。』

我跟父親談話，慢慢的就有了一種「灼如伯修辭」出現了。

『這個門太矮了，灼如伯走過一定要碰頭。』
『我今天見到一個人，長得比灼如伯還高！』
『前面有狗。要是有灼如伯的手杖就好了。』
『那棵樹有十個灼如伯那麼高。』

可是我從來沒見過灼如伯。有一年，廈門商會舉辦國貨展覽會。父親是籌備委員，天天都在外頭忙，有時候忙得中飯、晚飯都在外頭吃，沒有時間回家來休息。開幕那一天，母親帶我去參觀。我們在會場裡找到父親。父親正跟一個四十幾歲的男人說話，就招呼我們過去。

會場裡那些布置得花花綠綠的美麗攤位完全把我吸引住了。我的注意力落在一個售賣國產餅乾的攤位上。我彷彿聽到那男人問了一句：『這是老大？』

『對。』父親回答。

我總以為那是一個普普通通的男人，所以並沒回頭去看他。那個男人走了，父親注意到我的眼神，就到令我著迷的那個攤位上去買了兩包餅乾，走過來交給我，又說：『剛剛那個人就是灼如伯。』

我吃了一驚，趕緊回過頭去，只來得及看到會場出口的地方，有一個高大的人的背影。他身邊所有人的頭頂，還沒有他的肩膀高。可惜我沒見到他的臉，也看不到他那根有名的手杖。他像一個巨人。

我二十一歲那一年，全家逃難到內地。父親跟一位投資人合力籌辦製冰廠，廠址就在九龍江邊。我們全家吃過許多苦，眼看再有半年製冰廠就可以開工，父親心裡非常寬慰，說：『我要再讓你們過好日子！』

父親在這句話裡流露對子女的愛。其實我們在童年早就過過好日子了，對那種「好日子」已經不發生興趣，倒是對就在眼前展開的新奇人生有更大的熱情。對我來說，「好日子」使我想到幼稚的童年，「苦日子」卻使我體驗到奮鬥的滋味，那是對二十一歲的年輕人更有誘惑力的。

就在那一年夏天，父親在九龍江游泳失事，離開了人間。二十一歲的年輕人雖然極力壓抑住內心的悲痛，想鼓起勇氣料理父親的後事，但是他身上只有半個月的薪水，他能做什麼？那是連付給船家在茫茫的九龍江上尋找父親遺體的費用都不夠的！

母親含淚拿給我一張小紙片，說：『灼如伯也到內地來了。這就是他的地址。你願意不願意去找他一趟？』

我說：『我不想去。我找我自己的朋友想想辦法。』我在一個小學裡教書。校長也是一個年輕人，只比我大五歲。我去找他。他哭得很傷心，先拿給我一筆錢，說：『先尋找伯父的遺體要緊，剩下的事我幫你想辦法。』

我回家的時候，天已經黑了。我心裡很憂慮，但是母親卻把一張攤開在桌子上的信遞給我，說：『你不必再出去奔走了。這是灼如伯的信。』

那封信是用毛筆寫的，筆跡非常秀氣。信裡稱我賢姪，首先叫我一定要安慰母親，孝順母親，不要讓母親傷心過度，傷了身體，又叫我自己也要保重。然後，對於我當時最焦慮最掛心的事，他說，那不是一個二十一歲的孩子辦得了的，那完全是他的事，應該由他一個人去辦。他要我好好招呼弟弟妹妹，照料他們。小孩子飲食一定要正常，他叮囑我。

有人雇兩條木船在江上尋找父親的遺體。兩天兩夜以後，有人來通知母親，說父親的遺體已經在江面上一個小島邊的蘆葦叢裡找到了。有人來通知我們，父親的遺體要入殮了。第二天，有人來通知當天要出殯。我跟母親、弟弟，神志昏迷的依著旁邊的人的指點行禮，護送棺木到墓地，親眼看到墳前豎起了墓碑，墓碑上有硃砂點染的刻字。

我們在父親墳前低頭誌哀，向一直陪伴我們到山頭的朋友鞠躬道謝，目送他們走遠，三個孩子才扶著臉色慘白的母親回家休息。

母親聽我們的勸告，睜眼靠在枕上休息。三個大孩子圍坐在母親床邊。連剛從朋友家接回來的小弟，也堅持不肯去睡。到了半夜，母親掙扎著到廚房去給我們熬稀飯。稀飯熟了，母親先盛了一碗，勸小弟吃。小弟並不接碗，竟站到椅子上去，摟著母親的脖子，放聲大哭。母親扔下那碗稀飯，抱著小弟流淚。三個大孩子也抽泣失聲。

天亮以後，我跟母親說我要去向灼如伯謝恩。母親嘉許我說：『這樣才對！』灼如伯的住宅很大。他在大廳上接見我。那是我第一次看到他的容貌。他確實非常高大，我要仰著頭才能看到他的臉。他的頭髮有些灰白，眼光慈祥，是一位和善的長輩。我一看到他，突然情緒激動，牽動著嘴角，淚珠沿著面頰滾落，卻說不出一句話來。

他趕緊上前一步，抱著我的雙肩，制止我說：『什麼話也不要說。你不說我也知道。我跟你父親是彼此不能談一個「謝」字的知心朋友。你來看我就好，不要說下去。』

他等我平靜下來，就叫人給我倒茶，然後很感慨的對我說：『我跟你父親已經好幾年沒見面了。』

我臉上一定露出了疑惑的神色。他慈祥的看著我，含笑點頭說：『不過我們彼此都知道大家都到內地來了。我們就是這樣的一對朋友，彼此都忙忘了，不過那有什麼關係。』

我向他告辭。他送我到大門邊。我永遠忘不了他在門邊勉勵我的話：『你最好也跟我們學，就當作你父親是忙他的事情去了。年輕人要好好兒努力，一個人總有許多事情好忙的。』

二弟

我跟二弟只打過一次架。那是我們兩個唯一的一次，再也沒有第二次。因為打那次架，我們兩個整整有五個小時不說話，那寂寞的「五個世紀」真是難捱。因為打那次架，我把我的壞脾氣改好了不少。

現在，無論什麼時候，我的脾氣一上來，我就會警告自己說：『忍耐忍耐，不要傷害人！』我受到侮辱，我也會警告自己說：『就拿這個來考驗你的耐性吧，千萬千萬千萬不要傷害人！』因為我知道，一個人在狂怒的時候，傷害人是很容易的。

有時候，我的脾氣已經發作了，但是忽然一下子煙消火滅。這是因為我想到跟二弟打架的往事，心裡滴血，就不敢再暴躁。我血氣上湧的時候，我就趕緊數一數耶穌在十字架上一共挨了幾根釘子，有幾處傷口在流血。我告訴自己說：『學習他忍受痛苦的大勇吧，不要用你的血氣之勇去傷害人。』

那一年夏天，有一天下午一點鐘，天氣燥熱，我們身上都是汗。我十八歲，二弟十六歲。二弟因為同學對他失約，心裡很不舒服。十四歲的三妹摺了一個紙球，邀二弟一起拍著玩兒，一人拍一下兒，很有韻律的輪流向天花板拍。二弟打得很入神，似乎是要藉著打紙球消消心裡的氣。

我心情本來很好，看他們玩得有趣，也來參加，偏偏一隻手非常生硬，輪到三次，都是用力太大，把球拍歪了。二弟不喜歡受攪擾，就接住球，跟三妹說：『我們到外頭拍去。』很不客氣的把我冷落在客廳裡。我的心裡也不舒服了。天氣非常燥熱，我們身上都是汗。

因為是夏天，我怕熱，從暑假一開始就把房裡的書桌搬到客廳的北窗下。那裡不但通風，而且窗外還有一棵已經有五十歲的大榕樹。我坐在書桌前面，吹了一會兒風，就把窗戶關上，打開抽屜，拿出郵票，攤了一桌，一張一張的看。

二弟從外面走進來，一眼看到那關得緊緊的窗戶，就帶著怒意，打開窗子來吹風。郵票亂飛。

我說：『關上！』

二弟說：『不關！』

我用力的把窗戶關上。

二弟用力的再把窗戶打開。

郵票亂飛。我們兩個陽剛的孩子，揮拳打了起來。郵票亂飛，像一群受驚的花蝴蝶。我狂怒的把二弟往外一推，雖然是推一個人，卻覺得像推動一個輕輕的小枕頭，像推一張薄薄的紙。二弟的身子飛了出去，一頭撞在窗玻璃上。

玻璃碎裂。先是聽到一聲乒！然後是碎玻璃叮鈴叮鈴的掉了一地。然後是母親的一聲驚喊：『血！』我踉踉蹌蹌的走回跟二弟共用的臥室，關上了房門。

『快去喊他爸爸回來！』母親交代在我們家作客的大表弟說。

大表弟的腳步聲走遠了以後，整個屋子都靜了下來，似乎聽不到一點聲息。我的怒氣漸漸平息，覺得手疼，原來我右手的手腕扭傷了，左手有兩個手指頭擦破了皮，滴著血。嘴裡好像含著一顆小石子兒，往外一吐，是一顆門牙。上嘴唇像有一隻螞蟻在那裡爬，用舌頭去舔一舔，是鹹的，用手背去抹，手背上都是血。

我覺得渾身疼，但是我的心更疼。二弟到底傷得怎麼樣啦？我怎麼可以那樣傷害他。房門外那不祥的寂靜，到底是什麼意思？

我把書包倒空了，隨便塞進去兩件替換衣服跟我心愛的一枝鋼筆，穿上襪子和皮鞋，靜靜坐在床沿兒上等著。父親如果趕我出門，也是應該的。

父親回來了，跟母親交換了兩三句話，全屋子又靜了下來。父親匆忙的腳步，有兩次走近了房門。每一次聽到他的腳步聲近了，我就提起書包，站了起來。我準備好跟父親說的話：『爸爸，是我錯。如果要我走我就走。』

但是父親並沒有到房間裡來。他忙了一陣子，跟母親交換兩三句話，又走了。我知道他經營的餐廳業務很忙。客廳裡那不祥的寂靜到底是什麼意思？

五點鐘的時候，我聽到母親在洗米做飯。我已經在房間裡坐了四個鐘頭。

『蝦米！』我聽到三妹說。

『辣椒醬。』這是二弟的聲音。二弟，聽到你的聲音，我就放心了。你究竟傷得怎麼樣？你的頭？我想打開房間，但是我沒有勇氣。

不久，我聞到一股飯香、作料香。那是母親拿手的南瓜菜飯。拌了辣椒醬，我一口氣可以吃三碗。還有那一道香菇湯。

不久，父親也回家來了。我聽到父親去洗手。我聽到母親說：『大家來！』我聽到掀鍋蓋，那股香氣更濃了。我聽到他們盛飯，拉飯桌邊的椅子。我聽到有人已經吃起來了。他們沒叫我。他們為什麼要叫我？我是該受罰的。

『我也拌一點兒。』這指的是拌辣椒醬。這是父親的聲音。

有腳步聲走近房門，門開了。二弟左手端著一碗香香的南瓜菜飯，右手拿著一雙筷子。他的兩條胳臂全抹了紅藥水。他的頭纏著一圈一圈的繃帶。他的左眼皮腫得很大。

『辣椒醬拌得夠不夠？』二弟說。

『夠！』我趕緊說，很感激的接過碗來。

二弟替我拉好房門，回到客廳去了。我幾口就把這碗拌辣椒醬的香噴噴的飯吃完了，端著空碗，坐在床沿兒上等著。過了一會兒，二弟又進來了，從我手裡拿走飯碗，替我拉好房門。他端進來第二碗飯，照剛才的分量抹了辣椒醬。他時間算得很準，我狼吞虎嚥的剛把第二碗吃完，他又進來了。

『還要不要？』他說。

『要！』我趕緊回答。

『到外邊來一起吃吧！』母親在客廳裡和氣的說。

『出來喝你喜歡的香菇湯！』父親也說。

『好。』我慚愧的答應了一聲，就由二弟帶領，回到大家身邊，回到我的和睦的「家」。

吃過這一頓熱呼呼的飯以後，我低頭走向臥室。父親、母親對下午發生的事情一個字不提，並且也沒有問起我身上的傷。他們不忍心問，我也知道我身上的傷並不是什麼光榮的創傷。那些傷都是可恥的。

二弟端進來一臉盆溫水。我知道這盆水是母親給他的。我洗乾淨了臉上跟手背上的血。二弟又拿進來紅藥水跟藥棉。我知道這是父親給的。我讓二弟在我的傷口上抹一點紅藥水。

我一向跟二弟同床。那天晚上，兩個傷兵躺在枕頭上談話。

『你的頭傷得怎麼樣？』我問。

『玻璃碎片都拿掉了。』他說。

『打了破傷風針沒有？』我問。

『爸爸買回來打的。』他說。

『爸爸也會打針？』我問。

『很老練。』他說。

『我們這一輩子再也不打架了。』我說。

『再也打不起來了。』他說。

我伸出右手，翹起小手指頭。他也伸出右手，用小手指頭勾住我的小手指頭。兩隻手的大拇指對在一起，用力的蓋了一個印。

我跟二弟從小就非常友好。他把兄弟的情分看得很重，兩個人有什麼爭執，一向是他讓我。住在日本神戶的時候，五叔給我們買了兩套玩具軍裝，一套是軍官穿的，一套是兵士穿的。軍官的配備是一把小指揮刀。兵士的配備是一枝步槍。我想當軍官，又捨不得那步槍，想要步槍，又捨不得那指揮刀。

五叔要我公平選擇一樣。我拿不定主意。最後，我成了一個肩膀上扛著步槍，腰間掛著指揮刀的軍官。他成了一個徒手兵。他把我想要的都讓給了我。

住在香港的時候，小兄弟兩個結伴到先施公司門前去欣賞櫥窗布置。我不小心撞了身邊的小流氓一下。小流氓給我一拳。那時候我只有十五歲，心中不服，還了小流氓一拳。小流氓大怒，跑開去邀人，二弟趕緊拉著我跑。聽到後面腳步聲響，回頭一看，一共有五個，都把木拖板拿在手裡當武器，光著腳猛追過來。

眼看領頭的一個要追上我了，二弟不顧一切就轉過身去擋。那小流氓一拖板砸在二弟臉上。二弟鼻子受傷，流了鼻血。我心疼極了，衝上前去用皮鞋亂踢。小流氓看看已經得手，就呼嘯著成群跑開了。幾個路人知道我們是外地人受欺負，都圍上來慰問。其中有一個青年人護送我們回家。

我跟二弟打架以後，心中懷著內疚，雖然當時只有十八歲，已經知道發脾氣是獸性的流露，痛下決心要克制自己的脾氣。

在過去的日子裡，我脾氣一發作，內心裡就會有一個聲音冷冷的說：『這種傷害過二弟的壞脾氣，要不得！』為了發脾氣，我傷害過二弟。這一輩子我寧願做一個性格軟弱一點的人，跟人相處我寧願做一塊豆腐，我厭惡個性較量的勝利，我厭惡傷害。主持公道，維護正義是需要勇氣的，但是我追求的是身子被釘子釘過的那個人的那種大仁大勇。

在我作作家夢不醒的那幾年裡，我們的家庭是靠二弟的薪水維持的。我寫稿用的墨水是二弟的血汗。

他常常笑著勸我不要為養家的事情操心。他用一個比喻安慰我：『叫一個人一面做作家，一面養家，那是辦不到的。可是兩個人一條心就辦到了。我專管賺錢，賺雙份兒。你專管寫作，寫雙份兒。分工合作，走上專業化，總值是不變的呀！』

玉蟾

我的妹妹是在日本神戶出生的。接生的日本護士打開母親的臥室的房門，向父親鞠躬說：『先生可以進去了。恭喜，是一位美麗的公主，是貴府所盼望的。』

父親向護士道謝，到大床邊去問候母親。然後從小床上輕輕的抱起白雪公主，抬頭謝天。那時候已經半夜，窗外升起一輪明月。父親胸中湧起中國古典文學裡的詩的情懷，就給妹妹取名叫「玉蟾」。在中國的古典詩裡，玉蟾就是「月亮」。

那時候我五歲，我弟弟三歲。第二天一早，父親把我們兄弟兩個叫進去，要我們一人喊一聲「妹妹」，然後再放我們出去玩。我們臨走的時候，衰弱的母親特地把我們喊到床邊，從被窩裡伸出手來，憐惜的拉拉我們的衣服，輪流摸一摸我們的臉，似乎是說：『今後這兩個男孩子，只有靠媽媽疼了。』

父親有兩個弟弟，就是我的四叔、五叔。父親有一個妹妹，就是我的姑姑。我的姑姑剛去世不久。在我的記憶裡，姑姑是一位長頭髮垂到肩膀上的美麗仙女，喜歡穿白衣服。我常常看見她輕輕的下樓，走進客廳，坐在鋼琴前面。琴聲一起，父親就會從書房走出來，把右手的食指放在唇上，叫我們不要出聲。他一手拉著我，一手拉著弟弟，把我們帶到院子裡，這才輕輕的說：『靜靜的玩，不要吵姑姑，知道嗎？』

我幾乎是從小就受到尊重琴聲的教育，琴聲一起，就不敢奔跑，不敢大聲說話。

我懂事以後，父親有一次跟我說，我祖父最疼姑姑，臨終把照料我姑姑的責任交給我父親。姑姑是不到二十歲就得病去世的。父親為這件事覺得對不起祖父。他每次看到客廳那座鋼琴，就會輕輕的嘆氣。他對我提起那座鋼琴，總是說「你姑姑的鋼琴」。我玩鋼琴的時候，父親總要走過來，拍拍我的肩膀，再三叮嚀：『輕輕的摁，不要弄壞你姑姑的鋼琴。』

父親跟我祖父一樣，最盼望有一個女兒，也真得到了一個女兒。我妹妹是一出生就受到父親的寵愛的。在我稍稍懂事以後，記得有一次不知道為了什麼事，母親就含笑搖頭對我說過：『你們兄弟所用的溺布，是用家裡的舊衣裳裁成的。你妹妹所用的溺布，就非是大丸百貨公司的出品不可了。』

父親總是笑著接受母親的埋怨。父親總是解釋說：『男孩女孩，我還不是一樣的疼？』

母親喜歡跟父親開一個這樣的玩笑：『我們這女兒看樣子是很聰明的，可以早早教她做一些家事。』

父親聽了，就會趕緊補充一句話：『不過也不必太早，太早了並沒有什麼意義。』

父親對兒子管教，母親從來不干涉。但是母親對女兒的管教，卻常常使我父親心疼。為了妹妹的緣故，母親對我們兄弟兩個不得不稍稍放鬆。很顯然的，這是一種有特殊含義的「交換」。母親是懂得的。自從妹妹出生以後，父親對我們兄弟的「斯巴達式的教育」，多少變了質。

我們兄弟兩個都很感激妹妹。妹妹出生以前，我們兄弟的淘氣是要受管教的。妹妹出生以後，我們的淘氣，只要是能逗妹妹笑的，在父親眼中，就都變成「很有意思」的了。

母親一向反對父親對我們兄弟兩個施行斯巴達式的教育，反對儘管反對，父親總不肯放棄他的嚴正原則。妹妹出生以後，父親談的卻是愛的教育。妹妹因為能使父親的教育觀念變得更接近母親的想法，所以也很能得到母親的歡心。

妹妹就是在這受寵的環境裡長大的。她因為從小就跟兩個哥哥在一起，所以男孩子的一切遊戲，她都認為有權參加。她跟著我們東跑西跑，跟得很緊。到了我十二歲，我弟弟十歲的時候，我們開始感覺到妹妹已經成為使我們頭痛的問題。我們去參加男孩子的遊戲不得不設法擺脫她。但是每次我跟弟弟跑過馬路，翻過中山公園的圍牆，聽到妹妹哭著追到大門口，我心中總有些不忍。

有一次父親發現了這種事，特地到公園裡把我跟弟弟帶回家，用好話勸兩個哥哥留在家裡陪小妹妹辦家家酒。父親走開以後，我一手拿著裝滿撕碎了的樹葉、口徑只有一寸的小碗兒，一手拿著一副用牙籤做成的小筷子，責備妹妹說：『家裡不是沒有女孩子，你為什麼不去找她們玩？』

我有好幾個表妹，但是妹妹從來不跟她們在一起。她一向跟定了兩個哥哥，跟得好緊。母親跟我的長輩談天，一提到我的妹妹，總是笑著搖頭說：『她就是喜歡爸爸，喜歡哥哥。這小女孩子簡直是個男的！』

這情形一直繼續到我二十一歲，全家逃難到漳州，我停學在一個小學裡教書的時候，才有了改變。學校裡年輕的女同事，常常看到我這個十七歲的「女弟弟」，覺得很好玩，喜歡找她說話，她這才開始有了女朋友。

妹妹有同性的同伴，固然值得高興，但是她給我製造新的麻煩。她似乎有意把我所有的女同事製造成跟她一樣的「崇拜哥哥的妹妹」。她用種種方法替我宣傳，有時候甚至製造神話，把我宣傳成一個太陽神、一個雷神、一個唐伯虎、一個拿破崙、一個李白、一個拜倫、一個貝多芬、一個堯、一個舜、一個姜太公。

女同事們起頭是覺得好玩，故意逗她，因為大家只要跟她在一起，她談的話只有一個不變的主題，那就是她的「偉大的哥哥」。可是不久以後，她所說的話產生了奇異的效力，我的女同事們開始用一種崇拜的眼神來看我了。那種奇異的氣氛我是感覺得出來的。那種奇異的氣氛使我非常不自在。

我不得不向母親訴苦。母親不得不把我的話轉告父親。但是父親一向是袒護妹妹的，他叫弟弟轉告我：『你告訴你哥哥，應該感激這個好妹妹。她是好意，她在那兒選嫂子！』

我妹妹有男朋友的時候，父親已經去世，所以她把我當作負有監護責任的家長看待。因為她一直是我的「女弟弟」，所以跟我幾乎沒有不可以談的話。我所以能夠知道那麼多關於大男孩子怎麼向大女孩子表示好意的方法，都是妹妹告訴我的。

起初的情形是混亂的，是一個「戰國」的局面。妹妹的心境非常不寧靜，所以我每天都設法找出一點時間陪她。那時候我正做著偉大的作家夢，每天傍晚都要到公園的林蔭道和人工湖邊去散步，去沉思默想，所以就邀妹妹一起去。我跟她談我所體會到的人生道理，談我當天讀到的文學句子，目的是想驅散她心中的苦惱。她卻利用了那個機會，大量傾訴她的苦惱，要我一樣一樣替她解答。

後來局面澄清了，只剩下「兩國」。那兩個王子，都希望趕快來看我，都希望我能對當前的局勢發表意見。兩個王子都知道他遇到了世界上最團結的兄妹，誰能爭取到哥哥，誰才能爭取到妹妹。

局勢的澄清，決定在兩個年輕的王子準備送給白雪公主的國王哥哥那一份見面禮上。兩個王子的家境都很富裕，但是胸懷大志的國王當時卻很清寒。送什麼見面禮給國王哥哥，可以考驗兩個王子的智慧。白雪公主代收什麼樣的禮物，可以考驗白雪公主的智慧。

第一個王子託我妹妹轉交一塊上等的西服料子跟一隻名錶。妹妹含笑拒收。她說：『你不了解我哥哥。』那王子聽到了命運的判決。

第二個王子送我兩「刀」稿紙跟一小罐咖啡。妹妹接受了。這個送我稿紙的王子，後來就成了我的妹夫。他們生活得很幸福。

妹妹在結婚以前，有一天特地問我：『妹妹在哥哥結婚以前先結婚，你覺得這樣子妥當嗎？我甘願再等幾年。』

我含笑說：『你安心好了。我是家長。』

妹妹也懷著歉意的笑了，好像是說：『那麼我告罪了。』

我來到臺灣以後，妹妹也從家鄉來探望過我一次。有一天，兄妹兩個在衡陽路一家小西餐館裡吃中飯。

她放下手裡的叉子，凝視著我說：『從這幾天的情形看起來，你是還沒有女朋友。為什麼不在信裡告訴我呢？我有許多辦法可以幫助你，說不定我這一次出門就可以帶一個來給你！』

我急忙阻止她說：『千萬讓我自己來！我不要你幫忙。』

妹妹是有這本領的。她可以說動幾十個愛做夢的女孩子，如醉如癡的乘著一艘艘的輪船到海外來探望她的「偉大的哥哥」。

當時，我十分堅決的謝絕了她的好意，雖然我的心裡是很感激她的。

欽欽

在我進入「一個小孩子最自私的年齡」也就是十一歲的那一年，三弟出生了。我、二弟、妹妹，剛剛在家裡建立了和諧的秩序，維持一種可愛的均衡，三弟的出生卻把這一切都擾亂了。

有一位女長輩含笑的說：『本來，你們家是二男一女。現在，你們是三男一女了。你這個當哥哥的，要懂得疼小弟弟啊！』

我也在大龍眼樹底下，向二弟跟完全不懂事的妹妹宣布：『阿姨說的，我們應該疼這個小弟弟！』

二弟很順從的說：『好。』

妹妹也完全不懂事的說：『豪！』

事實上，我們三個小孩子都不知道該怎麼辦。我們的情況是值得憐惜的。三個小孩子好像比平日更團結了，可是又好像那團結裡含有一絲絲悲哀傷心的成分，三個小孩子好像三個孤兒。父親、母親好像離我們很遠很遠，他們好像有許多他們的事情要忙，顧不得我們。

三弟出生以後的第三天，父親和氣的跟我們說：『這幾天，你們三個都到哪兒去啦？快去看看媽媽。媽媽正惦記著你們哪！』

妹妹領頭兒先哭了。二弟跟著也哭了。我跟著也哭了。爸爸趕緊抱起了妹妹，又伸手撥弄二弟跟我的頭髮，大笑著說：『不可以這樣，不可以這樣！』他把我們帶到母親的大床邊，說：『快疼疼這三個孩子，他們受委屈了。』

母親從被窩裡伸出溫暖的手，讓每個小孩子都跟她拉拉手。她說：『來，快來看看你們的小弟弟！』

父親聽了，趕緊放下妹妹，從母親身邊的一堆小被臥裡，抱起一團軟軟的東西來，說：『不要用手碰他，你們都還沒洗手。過來，過來看，這就是你們的小弟弟！』

我們都伸過頭去看。嬰兒緊緊的閉著眼睛。嬰兒都是臉上皺紋很多的。他像喜鵲一樣，喉嚨裡發出卡卡卡的響聲，那響聲越來越急促，忽然「哇」的一聲，爆發成哭聲。三個孩子都吃了一驚。妹妹先笑了，二弟跟我也笑了。母親也寬心的笑了。父親快樂的逗著我們說：『好玩不好玩？』

妹妹說：『卡卡卡卡，哇！真好玩。』

吶。

父親先笑出聲來，然後全家大笑。三弟尖銳的哭聲，就像是給我們伴奏的嗩吶。

三弟的出生促成了我的成熟。我發現，對三弟來說，我已經具有一種「長輩」的身分。這是在三弟出生以前我所沒有的新身分。父親要給三弟取名兒的時候，特地叫我過去商量。父親寫了一個「欽」字，一個「信」字，問我哪一個字好。

我說：『信字是寫信的信，不好聽。欽字好聽。』

父親說：『對。我們就叫他「欽」好不好？』

『好。』我說。我走出父親的書房，覺得腳步比從前沉著穩當，好像自己已經是一個大人。

我不得不說，三弟幼年時代的種種情形，我知道得最少，儘管他天天就生活在我的身邊。主要的原因，是在我的「玩兒的年代」裡，三弟不能成為我的遊伴。我跟二弟、妹妹能夠自由交談的時候，三弟根本還沒學會人類的語言。在人生的道路上跟我結伴同行的是我的二弟，我的妹妹。三弟遠遠的落在我們的後面，落在我們後面十幾里。

我跟二弟、妹妹互相交換珍貴的人生經驗，但是我只能抱抱三弟。我的周圍發生有意思的事情，我總是放下三弟，然後帶著二弟、妹妹跑到出事地點。有時候我們看完熱鬧，人群散了，我轉過身去，遠遠的看三弟孤孤單單的一個人站在空曠的大地上，心裡就會有一點不忍。

戰爭爆發以後，我們一家人逃難到內地，我的年齡剛夠在一個小學代課養活自己，三弟的年齡也剛夠進那個小學的一年級。我跟三弟真正的接近，也就在那個時候。每天早晨，我們一起出門，一起在學校裡參加升旗典禮，一起上課。每天下午，我們一起回家。我教的是六年級，他上的是一年級。

就在那一段艱苦的日子裡，我注意到我的自私。我幾乎從來沒關心過三弟。我發現每天早晨跟我一起上學的三弟，根本生活在另外一個不同的世界裡。我童年是享受過富裕生活的，但是三弟卻是在戰爭流亡中長大的孩子。我為我的破皮鞋感到羞愧，三弟卻堅持每天要跟戰爭期間的鄉下孩子一樣，光著腳丫子上學。他很尊敬我，但是很固執，堅持要有他自己的生活方式。

有一次，我拿到學校的薪水，就想帶他去買一雙布鞋穿。

『去買一雙鞋去。』我跟他說。

『不要。』他說。

『天氣這麼冷，你光腳丫子上學怎麼可以！』我生氣了。

『別的孩子都是這樣的！』他說。『回家。你不回家，我自己回家。』

我只好跟著他回家了。他光著腳丫子，是個一年級的學生，在前頭走著。我穿著舊皮鞋，是六年級的老師，在後頭跟著。我是一個流亡青年。他是在戰爭中長大的孩子。那個景象，是我這一生永遠忘不了的。

二弟、妹妹，是我的二弟、我的妹妹。三弟，對我來說，卻是一個陌生人。我童年所過的日子，是忽然不愛吃中飯了，父親就趕緊叫夥計到廣東館子去給我買一客叉燒飯回來吃的日子。三弟童年所過的日子，是母親苦笑著對大家說：『米又吃完了，怎麼辦？』然後哥哥、姊姊們就會齊聲說：『大家餓一頓算了！』那樣的日子。他聽慣了，並不把吃苦當作一回事。

我們把戰爭期間的那一段日子看成苦日子，但是三弟卻把這一切看成人生本來的面目。在苦難中，他一樣有他自己歡樂的童年。唯一的差別是，他這歡樂的童年是跟他那一群光腳上學、在炸彈和大炮聲中長大的朋友分享，不跟光腳不敢下地的哥哥、姊姊分享罷了。我們在戰爭期間學習吃苦，我們有一種悲壯的心情，但這種悲壯感在三弟的心裡是不存在的。

三弟的童年是另外一種童年，彈片是他們那一代孩子的玩具。他們聽炮聲像聽大自然的瀑布聲。他們聽炸彈爆開像聽到一聲雷。死亡，對他們來說，是真實而且自然的。他們聽到死亡就像聽到班上一個同學請病假。他的光腳就是他的皮鞋。

在我們的親戚朋友眼中，三弟是一個值得讚美的小孩子。有一次，三弟在學校裡受到一位親戚的孩子的欺負，回家來哭。我回家稍稍晚了一點，看到那情形，無心的說了一句話：『受了欺負就回家來哭，那麼你就等著第二天再去受欺負吧。你應該去告訴他母親，讓他母親知道這件事。』

三弟當時剛升上二年級，還是個很小很小的小孩子，可是他聽了我的話，竟然真的輕輕推開母親，哭著出門去了。母親責備我說：『這件事情，倒應該是你去才對。』

我也有點兒後悔，覺得自己不該對那麼小的小弟弟說那樣的話；可是我還沒拿定主意到底去不去的時候，三弟已經很平靜的回來了。

我問他說：『你去過啦？』

他平靜的說：『爸爸怎麼還不回家？我們該吃飯了。我還要寫功課。』

第二天，那位親戚到我們家來道歉，一進門就不住口的讚美三弟：『真好，真好，真是好極了，這孩子多叫人心疼啊！』

接著，她就描寫三弟怎麼到她家去敲門，她怎麼開了門看不見人，後來怎麼一低頭才知道來的客人是一個小孩子。她又有聲有色的學三弟的模樣兒，說三弟怎麼站在大廳上理直氣壯的把事情的經過告訴了她，又怎麼聲明如果以後那孩子再這樣不講理，他也要不客氣了。

那位親戚對母親說：『我那孩子只會躲在房門背後，嚇得不敢出來。不能比，實在不能比。欽欽真好，你真應該多疼他點兒。』又笑著說：『我不是來向你道歉的，我是來回拜欽欽這孩子的。』

母親很開心的笑著說：『小孩子就是小孩子，脾氣強得很哪。』最愉快的當然是我自己，那是一種自己未必辦得到，卻鼓勵別人去辦到的「愉快」。不管怎麼樣，三弟在我心目中的地位大大的提高了。

更使我感動的是，儘管我這樣的鞭策三弟，三弟卻對我有一種依戀的感情，並不對我懷著怨意。抗戰勝利以後，我們回到故鄉廈門，三弟也升上了小學三年級。我發現他崇拜我，像崇拜一個出色的人物，原因卻不一定是為了我是他的哥哥。有一天，母親很為難的跟我說：『你能不能勸他穿上皮鞋？這裡不是鄉下。』

我很有把握的點點頭。第二天，我帶他到鞋店去，給他買了一雙皮鞋。一切都很順利，他完全不抗拒。從此以後，他上學一定穿皮鞋，放學一定提著皮鞋回家。我們彼此好像有了默契。他對我讓步，我也在適當的分寸上收腳。

他還是一個很小很小的小孩子。我離開故鄉的那一天清晨，他跟妹妹到碼頭上來送我，仍然光著腳丫子。那時候，我們已經是一對難分難捨的兄弟了。臨分手以前，我低頭去看他的光腳，笑了一笑。他也抬頭看看我，笑了一笑。「光腳問題」並沒有真正的解決。

我是在他不注意的時候跳上舢舨的，舢舨離開碼頭很遠，他回頭才發現我已經走了。他在碼頭上放聲大哭的情景，現在我想起來仍然覺得非常不忍。我們是在剛剛有了兄弟情分的時候分手的。

四弟

像仙童潘彼得一樣，四弟在我們的心中永遠是一個三歲的小男孩。沒有人知道他四歲的時候會是什麼樣子，因為他三歲就離開了人間。有一個長得很粗壯的人，右手提著一把鋤頭，左肩扛著一個三尺長的木頭匣子，到我們家裡來。這個人把四弟的身體帶走，讓四弟永遠安息在山頭上一座相思樹林裡的地下。

那一年我在初中一年級念書，二弟念小學六年級。妹妹念四年級。家裡還有兩個小弟弟，三弟五歲，四弟三歲。親戚朋友把我們家男孩兒、女孩兒的配置形式叫作「眾星拱月」。我妹妹就是那一輪明月，我們兄弟是四顆星星。

從「眾星拱月」轉換成「三星伴月」，少了一顆星星。四弟就是那一顆脫離運行軌道而消失在太空裡的流星。我，一個十四歲的男孩子，第一次體會到「死亡」像一個不可抗拒的暴徒，隨手捏破你心愛的氣球，然後掉頭走開。沒有一種更大的力量可以懲罰「死亡」，因為「死亡」不能再死亡。它是颱風、海嘯、地震，是盲目的大自然的不善的力量。

「死亡」毀滅了你所愛的親人你不要抱怨。狂風吹倒了你的房子你應該立刻把柱子扶起來。我們應該堅強一點，不能讓那暴徒毀滅了你的親人又毀滅了你。讓那暴徒只能毀滅一個，不是兩個。這也許是活著的人應該學習的功課，但是這功課對一個十四歲的孩子是太難了。

四弟是五兄妹裡長得最漂亮的一個，是一個小美男子。他三歲就能參加大孩子的遊戲；爽朗，愛笑，笑聲像銀鈴。他使我們在學校裡想家。他使我們放學回家的步子越走越快。三弟比他大兩歲，但是光芒卻不如他。

每天下午四點鐘，三弟找母親領一個蛋糕自己吃。四弟領的卻是四個，而且並不急著要吃。他保管這四個蛋糕，一直到我們回家。

『大哥，蛋糕！』他說。

『二哥，蛋糕！』他說。

『姊姊，蛋糕！』他說。

『來，一起吃！』他說。

十四歲的孩子是討厭小孩子的。但是我卻會放下書包去抱他。他總是掙扎著要下去，他喜歡用自己的雙腳站在地上。他要做事情，喜歡替我抱著重重的書包，放到書桌上去。

『寫！』他說，要我即刻動手做功課。

有一次，母親說：『你們兩個大男孩子，倒可以一人認定一個，幫我帶帶兩個小男孩子。』

母親這句話使我跟二弟發生過一次小爭執。二弟認為只有他才是四弟名正言順的監護人。『老大帶老三，老二帶老四。這是當然的道理。』他說。

『保護最小的，應該是那個最大的。』我說。

事實上，我跟四弟的關係，實在比二弟跟四弟的關係密切得多。四弟出生的那一年，我在小學五年級讀書。喜歡跟孩子談天的父親，有一天跟我說：『你給四弟起個名字吧。這件事交給你去辦。』

四弟的名字，是我翻了半天學生字典才決定的。這就是我不能把四弟讓給二弟的原因。用現代話來說，我跟二弟都想「擁有」四弟。

我是初中一的學生，在學校裡一向不跟同學談家裡的事，因為那樣會被同學看成不成熟，看成一個婆婆媽媽的女生。我們的主要話題是父母怎麼樣不了解我們。為了追隨那個年齡的孩子的風氣，這些話，有時候是要昧著良心說的。在家裡，我跟父親最有話說。可是在學校裡，為了要在那個小社會裡站得住腳，我不得不編一些「代溝神話」。

結果我的努力還是白費了，同學們仍然認為我是婆婆媽媽的，因為我對四弟的事情談得實在太多了。那一段日子裡，彷彿天天都是「家有喜事」，離放學的時間越近，我的心情也就越振奮。

四弟對我有一種力量，能使我一聽到最後一堂課的下課鐘，就悄悄伸手到課桌的抽屜裡整理書包。

四弟的病，最起初不過是左胳肢窩長了一個紅紅的小疙瘩。但是那疙瘩長得很快，不到三天，就有一個銀元那麼大，鼓起來，像個乒乓球，情形很險惡。父親慌了，跟家庭醫師商量了一陣，決定第二天上午開刀。第二天上午，我臨上學，到四弟的床邊去看看。他緊緊閉著眼睛，臉色泛紅，呼吸很吃力。

父親告訴我，醫師一會兒就來動手術，叫我趕快去上學。在學校裡，因為惦念四弟，沒心聽課。第三節課剛開始不久，我偶然抬頭，看見停學一年，在我們家做客的表弟，站在教室門外向我招手。我看了老師一眼，老師揮揮手允許我出去。

剛走到教室門口，表弟把我往外一扯，退到走廊上去，說：『你四弟死了！』

我連書包也沒拿，就衝出校門，往家裡奔跑。背後傳來腳步聲，回頭一看，二弟跟表弟也追上來了。我們一口氣跑回家裡，衝進父母親的大房間。

母親坐在床邊流淚。父親低聲說：『開過刀了，可惜已經晚了。』

我跟二弟，放聲大哭。四弟就躺在我們腳邊上的一塊板子上，全身用一條小毯子蓋起來。屋子裡發散著藥水的氣味。

父親一手抱著我的肩膀，一手抱著二弟的肩膀，把我們帶到房門外，說：『你們少了一個弟弟了！』說完，也放聲哭了。

不久，那個右手提著鋤頭，左肩扛著一個三尺長的木頭匣子的人也到了。他帶走了四弟的身體。父親跟在他背後，低頭走著。母親在走廊上喊住父親，說：『千萬認清楚那地方，我要給這孩子打一個墓碑！』

父親點點頭。

我們過了一段很長的哀傷的日子。母親幾乎整天不說一句話。我們放學回家，也都是靜悄悄的坐在書桌前面發愣。一天三餐，都是父親勸了又勸，大家才隨便吃幾口的。傭人所做的飯，一天比一天少了。

我靠著編織一個一個的白日夢來過日子。

有一天，我們全家到山上那座相思樹林裡去，聽到一陣小孩子的哭聲。我們循著那哭聲找過去，看見一塊大石頭上坐著一個三歲的小男孩。他一看到我，就站起來，舉起雙手，高聲說：『大哥，抱抱，我沒死！』

我狂奔過去，抱住了他，把他交給父親。父親在他臉上親了又親，然後把他交給母親。母親緊緊的摟住他，他也伸手勾住母親的脖子：『媽，帶我回家。』這是我編織的一個白日夢。

我家的天花板上面好久沒打掃了。我跟父親搬來一座小梯子，爬到天花板上去打掃。我在昏暗的天花板上，看見一個小孩子的身影，彷彿是坐在那裡玩積木。我走近一點，再細看，忍不住歡呼起來：『四弟，你怎麼躲到這上面來了？』

『嘻嘻，大哥，我沒死！』他笑著說。

我把他抱了起來，對父親說：『爸爸，你看，我抱的是誰？』

父親又驚又喜，伸手把四弟接過去，很興奮的說：『你快下去告訴媽媽，是我們弄錯了，你四弟根本還在人間！』

這是我編織的另外一個白日夢。

有一年的時間，我幾乎就靠著編織白日夢過日子。那些夢，都是用思念跟哀傷織成的。我承認織夢是我的另外一種哭法。我為四弟哭了一年。

稻花

在一個七歲的男孩子眼中，十二歲的女孩子就是很大的女孩子了。把這個大女孩子帶到我們家來的，是一個中年婦人。那時候是春天，園中的桃花開得正好，陽光明亮，客廳地上搖動著樹影。那個中年婦人一團和氣，是一個厚道人。

『好幾個人家都託我幫著找個像樣兒的。我拿不定主意，不知道該把她賣給誰好。昨天才聽說是四姑娘也要買，所以就把她帶到這裡來了。這是這丫頭的造化。你們是好人家。』賣女孩子的中年婦人說。

母親親切的看著那女孩子，點了點頭，說：『叫什麼名字？』

『稻花。』中年婦人說。

『為什麼不叫個別的名字？稻花不是什麼好看的花？』母親微笑著說。

中年婦人也笑了：『種田人家，稻花比什麼花都好。』

我已經不記得當時是怎麼成交的，只記得中年婦人臨走的時候，還彎腰拉拉那女孩的衣服，把手裡一個小花布包交給她，說：『四姑娘待人很好。你就在這兒住下來了，知道嗎？』

那女孩子文靜的點點頭，隨著中年婦人走到大門邊，輕輕說了一聲「慢走」，關好大門，靜靜的走回客廳，規規矩矩的站在母親身邊。

母親說：『大門關好了嗎？』

『關好了。』她輕輕的說。

這算是她進我們家門所做的第一件工作。

母親注意到我目不轉睛的看著那女孩子，就含笑說：『她叫稻花。』又指著我對稻花說：『叫少爺。』

『少爺。』她說。

我沒有回答她，轉身就走，找到了弟弟，告訴他這件突來的事情：『媽買了一個丫頭！』

『我不喜歡！』弟弟說。

『我也不喜歡。』我說。

稻花是一個開朗的女孩子，從來沒聽見她哭過，也沒見過她皺過眉。她輕易不說話，只有在傳達母親的命令的時候才開口。

『四姑娘叫大少爺、二少爺去吃飯。』她說。

『四姑爺叫大少爺去洗澡。』她說。

四姑娘就是我母親。四姑爺就是我父親。

起頭兒，我跟弟弟都不喜歡她，因為我們都不喜歡家裡來了個外人。可是日子久了，她在我們家裡的地位就越來越重要了。她能幫母親做許許多多的事情。整天不停的由三樓跑到樓下，由樓下跑到三樓，一會兒拿東西，一會兒傳話。她成了母親的手腳，成了母親的傳令兵。

在我十歲那一年，有一天，我聽到母親跟一位親戚說了這麼一句話：『要是沒有稻花，這三個孩子我怎麼照顧得來？』

那位親戚點頭說：『確實是個懂事的孩子。』

聽了母親的話，我也尋思起來：『我們家裡要是沒有稻花，就不像個家了。』我自己也已經成了一個依賴稻花過日子的人了。

『稻花，書包！』只要這麼一喊，稻花就會把書包送到我面前來。

『稻花，我的點心！』只要這麼一喊，稻花就會把每天下午放學回家我要喝的牛奶、要吃的蛋糕，送到我跟前。

稻花是不識字的，所以叫她去拿書就相當費事了：『去把書拿來。在書櫃裡，從上往下數第二格，靠近這隻手的地方，黃黃的，書皮兒上印著一個小孩子跟一隻狗。快，我要看！』

『是不是這一本？』她很快的把書拿來了。

『對！』我很高興的說。

稻花很細心，她能注意到許多小事，慢慢的連叫她拿書也不費事了。

『稻花，我的書！』我只要說這麼一句，她就懂得去把我沒看完的那本書拿來交給我。

她成了家裡的一個重要分子。我在學校裡跟同學談天，常常不知不覺的脫口說出稻花的事情來。

『稻花？什麼稻花？哈哈！』同學們會說。

我的臉紅了。我很難向同學解釋稻花是我們家裡的什麼人。

最先注意到我們依賴稻花過日子的人是父親。有一天，父親把我喊到書房裡，很和氣的勸告我說：『自己會做的事情要自己動手才對。養成了這壞習氣，將來吃虧的是你自己。稻花是要幫媽媽做事的，不是幫你們的。你們有時間，應該教她認字兒。她沒念過書。』

那時候，我們跟稻花已經有了感情，所以父親要我們教稻花認字，我們倒很願意。父親的一句話，引起我跟弟弟的「教書競爭」。每天，稻花要上兩堂課：我的一堂課，我弟弟的一堂課。為了討好父親，我們有事也不敢再派稻花去做。但是她卻為了感激我們教她認字，照料我們反而比以前更加盡心。

『稻花，上課！』這成了我跟弟弟每天搶著要先說的一句話了。

十二歲那年，在學校裡聽老師解釋什麼叫「畜婢」，本來聽得好好兒的，後來一想到稻花，心裡就不自在起來，湧起一股怒意。回家以後，鼓起勇氣去見父親，還沒開口就先激動起來，牽動著嘴唇，半天，才掉淚迸出這樣一句話來：『把稻花放走！』

父親靜靜的看著我，伸手撥弄撥弄我的頭髮，含笑對我說：『不要難過。我已經跟媽媽商量過了，稻花在我們家裡這麼多年，就應該把她當自己的女兒看待。她也就是你們的姊姊。這樣好不好？』我點點頭。父親又說：『還要不要我把她「放走」？』我搖搖頭。

稻花是在我十三歲那一年結婚的。她十八歲。男方的家庭非常簡單，只有兄弟兩個人，父母都去世得早。兄弟兩個很和睦，耕種的一塊田地出息也很好，家道小康，有一座自己新蓋的磚房。稻花要嫁的是那個哥哥。這是海水叔公做的媒人。兄弟兩個也到我們家來過一趟。那哥哥一聽海水叔公說稻花也認得幾個字，高興得紅了臉，害羞的露出了兩排整齊的白牙齒笑著。我已經懂得「聘金」就是錢。那個哥哥託海水叔公問父親要收多少聘金。

父親開口以前，那個哥哥微微張開嘴唇，很緊張的聽著。等到父親說出『我是一個也不收的。』以後，那哥哥的兩排潔白的牙齒又出現了。

男方來迎娶的那一天，新郎穿著整潔的對襟中裝、黑布鞋來的。他們先坐人力車到公路車站，換搭公車回到鄉下，然後在自己家裡宴請同村親友。我還記得稻花穿的是一套花布衣裳，帶了一隻母親送給她的皮箱。

我第一次注意到平日不打扮的稻花，真正打扮起來是很漂亮的。我不知道是哪一位長輩教的，稻花忽然變得像一個懂得人情世故的大人，先走過來叮嚀我要聽父母的話，要疼弟弟妹妹。

我覺得很不自在，本來想回答她說：『我的事情用不著你來管。』但是畢竟已經有了一家人的感情，離別的傷感壓制了我的淘氣，竟不知不覺的點頭答應了。她轉過身去，要向父親、母親下跪。母親趕快攔住，一抽鼻子，落下淚來。稻花抱住母親的腿，跪倒在紅磚地上，失聲哭了。

母親含淚笑著勸稻花說：『以後兩家來往的日子長著哪。快起來，別把這一身乾淨衣裳弄髒了。』總算輕輕的把她扶起來了。

這真是一樁好婚事。如果不是這一樁婚事，我恐怕會一輩子成為一個不懂得農村生活情趣的「城裡的傻瓜」。我恐怕會一輩子讀不懂中國的古典田園詩。

稻花姊的家是一個風景很美的地方。離門前曬穀場不遠，是一道清溪。溪邊有兩棵大樹。溪水又清又淺，溪床是鵝卵石跟潔淨的細沙。溪上架著小小的石板橋，那是兄弟兩個每天清晨到田裡必定要走過的。走過石板橋，溪的對岸就是一片碧綠碧綠的水田。房子後面有個大池塘，養的是鰱魚。

父親也很喜歡結這門親，因為這讓他有了一個教育三個孩子的好場所。稻花姊家裡人口少，房子大，空房間很多。父親常常在星期六下午帶我們下鄉，晚上就住在稻花姊家的客房裡，逗留到星期日中午再帶我們搭公路車回家。

客房裡點的是油燈，滿牆都是人影。我們睡得很早，為了第二天早晨好早早起來聽雞啼。我們在滿村的雞啼聲裡走過黑漆漆的曬穀場，走上石板橋，然後站在橋頭看整片水田是怎麼亮起來的。

我們一到，稻花姊的快樂是沒法兒形容的。她給我們盛的白米飯是山形的，她熱心的給我們布菜，每一塊肉都是那麼大那麼大的。她把整條魚夾起來，放在我的飯碗裡。我只好用眼睛給父親打信號。父親就會笑著，幫我一樣一樣的再夾回到菜碗裡去，稻花姊就會笑著道歉。她會想起從前在我們家的情景。她是知道的，只不過是高興得忘了：我們在家裡吃菜是一小口一小口夾的，餵小老鼠似的。

我十七歲讀《詞選》，讀到張志和〈漁歌子〉裡那一句「桃花流水鱖魚肥」，就忍不住端起書去找弟弟，指著那個句子，說：『還記得嗎？』

弟弟笑著回憶，說：『稻花姊！』

我們每次下鄉，稻花姊就會拿一個小臉盆，盛半盆水，放兩隻肥肥的鱖魚，再用一條大花巾兜著臉盆，讓我們提著活魚回家做魚湯吃。有一次弟弟淘氣，伸一個手指頭到魚嘴裡去試試，結果被魚咬傷了。

『桃花流水鱖魚會咬人！』他常常這樣說。

大堂兄

我們家族裡有一個小小的悲劇，那就是我伯父跟我父親各有自己的母親。我伯父的母親，應該是「正室」，住在故鄉廈門。我父親的母親，也就是我的真正的祖母，卻是我伯父的庶母，住在日本。

我的嫡祖母一向不願意跟我的親祖母相見，同時也拒絕我父親走進她老人家的大門。我伯父的態度也完全一樣，一向拒絕跟我父親往來，不肯承認有這樣一個弟弟。我祖父跟兩位祖母先後去世以後，我伯父仍然不改變這個態度。

我們一家人回到廈門故鄉的第三年，伯母去世。我父親託人去說，要帶我母親跟我們兄妹三個過去行禮。伯父對傳話的人說：『他要是敢進我家的大門，我自己動手拿棍子打他，叫他由原路爬出去！』

我父親很憤慨的告訴傳話人說：『我們都是幾十歲的人啦，雖然是異母，究竟是同一個父親的孩子，難道連一點兄弟的情分都沒有？我們都已經有了子女，總得給他們一個做人的好榜樣。你告訴我大哥，大殮那一天，我一定要帶全家大小去行禮。他要打，你告訴他，就是打死了我也不還手。』

那一天，父親準時帶我們全家去祭弔。伯父流淚站在大門邊相迎，兄弟兩個握手痛哭。父親叫我們兄妹三個上前喊大伯父。大伯父也把他的孩子都喊到跟前來見二叔。

那一年，大伯父身體已經非常衰弱。我們行過禮以後，大伯父邀父親到他房裡去坐，吐露了他的心事，要我父親答應他一件事。父親也含淚答應了。

父親告訴我們說，大伯父的大孩子，也就是我們兄弟的大堂兄，是一個智力不足的人。大伯父年紀大了，總覺得留在人間的日子不會很長，所以很不放心我的大堂兄，希望我父親答應日後幫他照顧這個沒有希望的孩子。

我聽了父親的話，大吃一驚。我問父親說：『今天為什麼沒看見他？』

父親嘆了一口氣說：『今天早上你已經看見了，那個拿著掃帚在院子裡追一隻大母雞的就是他。』

『他為什麼要追那隻大母雞？』我說。

父親搖搖頭，表示他不知道。

我還記得大堂兄的模樣。他穿的是一身破舊的漢裝。上身的釦子完全扣錯了，弄得那一身衣服扭成一團。褲子很髒，挽著褲腿兒，一邊高一邊低。他光腳丫子，腳上都是泥巴。頭髮很長，像是一兩年沒理過髮。臉色黃黃的，眼中帶著稚氣的笑意，看起來很可親的。牙齒很白，可是每一顆牙都是又長又大，笑的時候像一隻野狼，令人害怕。他好像覺得他自己還是一個孩子，對他家裡發生的事情很高興，所以追著一隻大母雞玩。那一年他是二十歲。

大伯父家裡大大小小都有點兒怕大堂兄，不敢跟他接近，都躲著他。沒有人知道他夜裡是怎麼去睡，早晨是怎麼起來的。父親說：『這樣對待他是不公平的！』為了大堂兄，父親常常到大伯父家去。父親不怕大堂兄，因為父親是學過柔道的。沒有人敢帶大堂兄去理髮，父親帶他去了。沒有人想到給他做一套新衣服，父親想到了。沒有人能叫他穿鞋，但是父親辦到了，因為父親給他的是新鞋，不是人家不穿的破鞋。父親找機會帶他上街，把街上的東西指點給他看。

有一天，父親帶他到一家小鋪兒，掏錢買了一瓶醬油。送他回家以後，父親又掏出錢來，說：『再去買一瓶醬油。』

大堂兄拿了錢出門，父親就在大伯父家裡等著。過了一會兒，大堂兄買了醬油回來了，找的零錢也懂得帶回來了。父親稱讚他說：『能幹！』他就露齒笑了。父親回家告訴我們這件事，形容大堂兄的笑容說：『笑得像一隻狼。』

我跟二弟變得越來越關心大堂兄，常常問父親大堂兄的情況。有一次，父親嘆氣說：『大堂兄不過是智力比平常人差一點，不大會說話，有孩子氣，除此之外，並沒有什麼地方不對。硬逼他爭氣，逼他要有出息，逼他跟別人競爭而且還要出人頭地，當然就會把他攪亂了。其實只要好好照顧他，他還是很好的。我倒覺得他是個很講義氣的人。』

我們都不明白這句話是什麼意思。

父親解釋說：『每次我到你大伯父家去，他會遠遠兒的走過來喊「二叔」，親熱得很。』

五年以後，大伯父去世。父親正在經營一家新潮的餐館「九龍餐廳」，就把大堂兄接到餐館裡來幫忙。我總算有跟大堂兄接近的機會，心裡非常高興，就說要去看他。母親很不放心，不肯答應。父親笑著說：『別擔心了。他是一個講義氣的人。』

我到了餐廳，他正在那兒低頭掃地。他理過髮，身上的一套漢裝也很乾淨，腳上穿著布鞋。他掃得很專心，一直低著頭做事。我想跟他見面，就特意繞到他前面去。他像是有心躲開客人，一看到我的身影，就掉轉頭，掃別的地方去了。我試過幾次，都沒法子跟他相對。

那時候餐館裡客人不多，店裡的夥計都是我認識的，所以我就挑了靠牆的一張桌子，坐在那裡歇著。他只顧低頭掃地，掃著掃著掃到我跟前來了。他無意中抬起頭來，看了我一眼，一臉的率真，眼中含著笑意。我趕緊站了起來，跟他笑一笑。他瞪著我看，一句話不說，眼中還是含著笑意。父親看見我們面對面的站著發愣，就走過來，指著我對他說：『這就是你堂弟。』說完，又忙別的事去了。

大堂兄眼中含著笑意，愣愣的看著我。我有點兒膽怯，偷偷向後倒退一步。他忽然一轉身，提著掃帚走了。我以為我們的第一次會面就這樣子完了，正打算到二樓去看我父親，遠遠兒的看見大堂兄又來了。他雙手端著一杯茶，輕輕的放在我身邊的餐桌上，然後舉起右手，在我的肩膀上輕輕一按，把我按到座位上去。

我完全明白他的心意，非常感激他，就端起茶來，喝了一口。那一天，我口袋裡帶著幾顆鼓浪嶼暢銷的鳳梨糖。那種糖只有一顆橄欖那麼大，帶著很濃的鳳梨香氣。最好玩的是那印得很講究的包裝紙，把那顆小糖果包起來，正像一個小人國的小鳳梨。我趕緊從口袋裡掏出四顆來，放在他手裡。

他把手舉到眼前，細心的看了看，就把那四顆鳳梨糖放進上衣的口袋裡，一轉身又走了。我很高興我們第一次會面的經過情形那麼好，心裡盤算著回家以後要詳詳細細的向母親報告一切的細節，偶然一抬頭，吃了一驚，大堂兄就站在餐桌邊。

這一次，他手裡端著一個碟子，碟子裡是一個冒著熱氣的廣東大包。他把碟子放在餐桌上，伸手按按我的肩膀，微微使出一點力氣，有把我的身子按到廣東大包上面去的意思。我領會他的好意，伸手拿起大包，揭下墊在大包下面那張四方形的白紙，就一大口一大口的吃起包子來。

他靜靜的站著看我吃，眼中含著笑意。我為了趕快做完他盼望我做的事，所以狼吞虎嚥的，五六口就把一個熱熱的廣東大包吃完，鼓著腮幫子，站了起來。他長得比我高大，微微低著頭看我，我抬著頭看他。我們的眼睛離得這麼近。我看清楚了，他的眼神像一個五六歲的孩子那麼純真，那麼帶著善意。我忘了他是不愛說話的，脫口說：『謝謝！』

『謝謝！』他有點兒吃力的回答，然後露齒一笑，那又白又長的牙，像狼。

那一年冬天，我養成了一個習慣，每天晚上讀書到十點，就到館子裡去找父親要一碗肉絲麵吃，然後再散步回家。我們的館子是十二點才關門的，所以父親總是讓我一個人先走。有一天晚上，我剛走出店門不遠，黑牆根兒下忽然跑過來一條狼狗，向我猛撲。那是我第一次受到大狼狗攻擊，受驚過度，嘴裡發出鬼叫似的呼喊聲，雙手亂撲，雙腳亂踢。忽然腿上一陣冰涼，就像被一塊冰閃電似的冰了一下，低頭一看，狼狗已經咬住我的褲腿兒，牙齒傷了我的皮膚，有點兒疼。然後，來了一把掃帚，重重的打在狼狗的頭上。狼狗放開了我，狂叫一聲，向我身後撲去。

我退到路邊，眼中看到一個人影跟那隻大狼狗，都怒吼著，在地上翻滾。一眨眼的工夫，那人影站了起來，用掃帚向大狼狗猛烈敲打。那個人的攻擊是凶猛的，不退卻的。狼狗的攻擊也是凶猛的，不退卻的。路邊圍上來十幾個人。其中有一個人高聲喊了一句英語，那狼狗才掉轉了頭，回到那個人跟前去，他就是狗主人。

路人都議論紛紛，圍上去慰問那個英勇的人影。有兩三個人向相反的方向，走過去責備狗主人。我揉著腿，向人圈的中心擠進去，走近一看，那個褲子被狼狗撕得稀爛，手裡還拿著大掃帚的勇士，就是我的大堂兄，是他解救了我。

大家都說我的大堂兄是一個白——，那是不公平的。我承認我的大堂兄不能跟人家比聰明，比能幹，比成就，比知識，比口才，但是他是一個大男人。他是很講義氣的，儘管他從來不會說「義氣」這句話，也不懂得這兩個字該怎麼寫。

烏定哥

廈門話把「黑」叫作「烏」，把「堅硬」叫作「定」，因此「烏定」的意思就是「黑黑的，結結實實的」。我的大表哥出生的時候，三姨母看他皮膚不白，身子結實，一副「烏烏定定」的樣子，就隨口給他取了個名兒叫「烏定」。這真是一個純方言的名字。

大表哥最喜歡跟人談自己的名字。他說，上學報名的那天，女老師問他叫什麼名字。三姨母替他回答說叫「烏定」。

女老師說：『這孩子倒真是一副「烏烏定定」的樣子，名字取得好。不過將來他要是成了大人物，這名字登在報上，全國各地的人都看不懂這名字的含義，胡亂猜測，那就不大好了。我先記下這個名字，回去請教我父親，另外給他取個學名兒好了。』

大表哥的學名就叫「福庭」。不過我們這些表弟表妹，還是喊他「烏定哥」，從來不理會什麼「福庭」不「福庭」的。

大表哥只比我大兩歲，可是身材高大結實，皮膚又黑，像個鐵人，一向被我當我的保護神看待。我一個人上街，路上遇見狗就心跳。狗在路的右邊，我就走路的左邊；狗在左，我就靠右。狗臥在馬路當中，我就貼著牆根兒走。對我來說，路是狗的。跟大表哥出門，情形就不一樣。狗看見我們，就會很有禮貌的站起來，輕輕的邁著碎步兒走開，謙虛和平的垂下尾巴。就大表哥來說，路是人的。

我也遇見過喜歡耀武揚威的小男孩子。他欺負我是單身，雙臂交叉放在胸前，站住不動像一座雕像，用大眼睛瞪著我，要逼我改道。雖然我的個性強韌像一艘大船，寧願粉身碎骨也不會改變航道，但是走過他身邊，氣氛緊張就像拿著火把走進火藥庫，每一秒鐘都可能引發一場驚人的爆炸。我相信，那種感覺是彼此都很不好受的。如果把那情景拍成電影，觀眾一定會緊張得喘不過氣來。

跟大表哥出門，情形就不一樣。他的健康的膚色，高大的身材，粗粗的胳臂，給人一種銅筋鐵骨的印象。攔路的小男孩子，遠遠的看見我們，就會趕緊不失體面的走到路邊去，擺出一副匆匆忙忙要去辦正事的樣子，頭也不回的走開了。大表哥一點兒也不知道自己有虎威。有時候他看見的小男孩子穿的衣服古怪，他會樂得伸手指著那孩子，呵呵的笑。那男孩子聽到笑聲，也不弄清楚是怎麼回事，總是拔腳就跑。

大表哥、我，當時都是小男孩子。小男孩子就像小狗兒。小狗兒都是「小我主義者」，沒有「大我」的觀念。不過小男孩子畢竟跟小狗兒不一樣。小男孩子長大成熟以後，就懂得享受合作的快樂跟幸福，成了文明人。這一點，小狗兒是辦不到的。小狗兒一輩子都是「小我主義者」。

大表哥喜歡笑。他睜一隻眼，閉一隻眼，張開大嘴呵呵笑的樣子，就像一段紀錄影片，我隨時可以拿出來在我腦中放映。我每次放映這一段紀錄影片，就會覺得心裡非常舒適。這段影片常常能治好我的沮喪，常常會鼓勵我去尋找生活中的一些有趣的，不損傷別人的事情來笑一笑，使心情開朗。例如母親有一次匆忙中給我們燒了一道很鹹的「鹽醋排骨」。例如父親有一次在外面打電話到朋友家去打聽我們家的電話號碼。

大表哥的家境本來是很好的。我姨父是一個大戶人家的大少爺，家裡有幾間房子，幾塊地，幾個池塘。到了我十歲左右，姨父只剩下一間房子，一小塊地，一個小池塘，而且全家沒有任何收入。大表哥上完了小學，就沒有機會再讀書。我經常聽到三姨母談到要給大表哥「找事兒」。

大表哥是一個很自負的人。他常常用這樣的口氣跟我說話：『你到山上撿過乾樹枝兒沒有？我看，你大概是不行的，我的小少爺。』

他常常一個人背著籮筐上山，在沒有人聲的樹林裡靜靜的撿乾樹枝、乾樹葉，帶回家去當柴燒。他們家買不起劈柴，買不起炭餅。他們不能把錢浪費在購買燃料上。

大表哥會說：『你叫賣過東西，當過小販沒有？你大概是不行的吧？我的小少爺。』

大表哥為了給家裡找一點收入，自己下田去捉小田螺，回家煮熟了，裝在小葫蘆筐裡，沿街叫賣，賣了錢，拿回家去孝敬母親。他懂得怎麼吆喝：『買鉸錐螺！買鉸錐螺！』那個「買」字，要拉得很長很長，聲音越拔越尖，等到快接不上氣的時候，這才趕快用「鉸錐螺」三個字煞尾。

『你大概不行吧？叫你這樣子沿街去吆喝，你大概會臉紅吧？』他笑著問我。

他會說：『你當過學徒挨過罵沒有？你大概不行吧？你臉皮兒這麼薄，挨了罵恐怕是要掉眼淚的吧？』

我反問他說：『挨罵不難過，這算是怎麼回事？』

他說：『難過也好，不難過也好，總歸是掙錢養家，光明正大！』

他在一家商店裡當學徒，每天除了打掃屋子，招呼客人以外，還要跑街送貨。

我年紀輕，腦子裡忘不了自己是一個學生，聽他說跑街送貨，想到手裡捧著一堆貨品滿街亂跑的樣子，就問他說：『碰到同學怎麼辦？』

『碰到同學就問好，還要我怎麼辦？』他疑惑的問。

其實他沒體會到我真正的意思。一個學生，總以為學生應該是很高雅的，手裡除了書包、籃球以外，不應該拿其他不雅的東西上街。一個學生，總以為自己如果抱著一口飯鍋上街，被同學看到了，就會成為轟動全校的新聞。因此，學生上街不敢提籃，不敢提醬油瓶，也不敢提剛買的新掃帚。因此，要喝豆漿，就得由母親去買；要吃西瓜，就由父親去抱。這就是學生。

我的意思是，要是同學看見我送貨，我該怎麼躲，怎麼逃。他的意思是，送貨遇到了同學，除了問好以外，難道還會有別的什麼事非做不可？這種事，當時兩個人是說不清的。

我上了中學以後，住在鼓浪嶼。父親經營「九龍餐廳」，也邀大表哥來店裡幫忙。父親把店裡的奶品部交給大表哥負責，大表哥那年不過才十九歲。他每天起得很早，在電燈底下跟農場來的人把當天的鮮牛奶交割清楚，然後戴上白帽子，往消毒過的奶瓶裡裝牛奶。他用一個大帆布提袋，裝滿了一瓶瓶的牛奶，按照名單，送到訂戶家裡去。送完了牛奶，餐廳的門也開了，他正好趕上回來主持奶品部的工作。

他在那間小小的奶品部裡的作業檯上放著一本《尺牘指南》，一本《秋水軒尺牘》，沒事就坐在那裡細讀：『父母親大人膝下，敬稟者……』只要聽到外面夥計喊一聲：『牛奶一杯！』他就會趕快把書一叩，很熟練的去調製一杯香香的熱牛奶，輕輕放在小窗口兒上，向外招呼一聲：『牛奶！』

父親常常告訴我說：『跟你的「烏定哥」學，他是一個了不起的孩子。你在學校裡跟老師學讀書，很好，但是我希望你也跟「烏定哥」學學什麼是「生活」。』父親眨眨眼睛，揚起眉毛，伸出左手的食指，輕輕的在我面前搖搖，含笑向我提出警告：『你「烏定哥」是餓不倒的。你是餓得倒的。』

我是有心跟大表哥學的。有一天，我起得特別早，幫他提著大帆布袋，一起去送牛奶。鼓浪嶼住宅區的道路，兩旁都是美麗的大樹。清晨空氣清新，鳥聲陣陣。我覺得生活是美麗的，送牛奶是瀟灑的職業。剛送到第三家，我忽然發現那漂亮住宅裡住的恰好是我的同班同學。我嚇得趕緊放下大帆布袋，躲到路邊一棵大榕樹底下去了。我偷看大表哥跟開門人交換了新舊奶瓶，自己卻不敢露面。大表哥回過頭來，看不見我，就輕輕喊我。我不敢出聲，心裡還怪大表哥不該報出我的名字來。一直等到那一家的大門關好了，我才敢從大榕樹背後走出來。大表哥正要開口，我趕緊扯著他，走出十幾丈遠，才站住腳讓他說話。

『你這到底是怎麼回事啊！』他歪著頭責備我。

『那是我同班同學的家！』我說。

『同班同學的家，那很好啊！』他說。

我沒辦法讓他明白我這個小士大夫的一套酸腐的忌諱。我應該怎麼解釋呢？因為我是一個學生？因為我認為送牛奶是不斯文？因為……？

狗王

中國古代的偉大思想家「老子」，最能探索人類微妙的心理現象，喜歡用他所觀察到的心理現象來說明他的哲學。他的哲學的一部分，已經成為標準的「中國人的哲學」。中國人都相信，越是人人珍惜的東西，就越是多災多難，越容易失去，越容易毀壞，越容易打破。倒過來說，越是卑賤，越是不值錢，越是人人不放在眼裡的，就越平安，越能夠得保全。

我的表弟「阿狗」，是五姨母最珍惜的獨生子。五姨父姓黃，我不知道表弟的學名是不是真叫「黃狗」。在童年，對這種事情我們都是不去費心探索的。表弟是五姨母的心肝寶貝，五姨母盼他長命健康，當然第一步就是假裝不把他放在眼裡，讓他守住卑賤。可是表弟並不真像荒地裡的野草，並不真像流浪在村郊的野狗。他長得非常出色，他的美質是遮掩不住的。五姨母抑制不住心中的讚歎愛惜，就改口叫他「狗王」：狗是狗，卻不是普通狗。這隻狗是狗群裡的王！

「狗王」有淺色的皮膚，按中國人的說法，他生得很白。他是一個又白又胖又高又壯的小型的大丈夫。論年齡，他是二弟的表弟；論身材，他長得比我這個大表哥還要高。小時候，我們三個表兄弟的感情最好。我們家的大花園裡有一個小小的桃樹林，長輩看到我們三個，就會聯想到《三國演義》。我是劉備，二弟是關羽，大表弟是「白臉的張飛」。

大表弟是生成的張飛脾氣，暴躁，沒耐性，經常看到他跺腳，摔東西，在地上打滾哭鬧，不過這是我不干預的時候才有的事。他發作，我靜靜的在一邊觀看，認為這是他跟五姨父、五姨母的事。五姨母對付不了他，只要走過來含笑拉拉我的衣袖，我就知道我該出面了。儘管他躺在地上扭著腰哭鬧像一隻肚子朝天的大蟑螂，我只要走過去，向他伸出一隻手，他就會把他的手伸過來，我輕輕一拉，他就站起來了。

我們手拉著手，走出房門。他會用手背抹乾眼淚，笑咪咪的說：『上哪兒？』

『公園。』我說。

『好！』他會歡呼一聲，跑在我的前頭，到我們都知道的那個地方去，坐在草地上等我。

對小男孩子來說，公園並不是一個安全的地方，公園是我們的「江湖上」。通常，總會有一些小龍小虎，跑過來想跟我們比畫比畫，想收伏我們。我這個文弱書生，對那些小龍小虎不起嚇阻作用，但是大表弟只要挺身往前一站，他們就像看到一位薛仁貴，謹慎的往後退一步，衡量衡量大表弟的身高跟體重，然後失意的走開了。有了大表弟，我們不但在廣大的公園裡爭取到一小塊活動的空間，而且還能夠和平的隨意通過其他孩子的領地。

五姨父因為家境富裕，年輕時代就染上了引起鴉片戰爭的那種嗜好，婚後不過十年，家產就都消耗光了。十歲以後的大表弟，過的日子就不如我們了，但是我跟二弟總會想辦法把他留在我們家裡，跟我們一起吃，跟我們一起睡。父親也很疼惜他，常常勉勵我們要多跑、多跳、多吃、多睡。『像你大表弟那樣的身體，才叫身體。』父親說。

五姨母看到大表弟跟我們相處得這麼好，也常常含著眼淚笑著跟我說：『就讓你大表弟住到你們家去，當你們的親弟弟好不好？』

那個時候，五姨父正在為自己的生活掙扎，過的是最艱苦的洗罪的日子。我們跟大表弟的情感，使五姨母感激慚愧，慚愧感激。她的心情在她到我們家來的時候表現得最清楚。她常常流著眼淚微笑，常常含笑的掉著眼淚。

我們不能永遠留住大表弟。每一個小孩子都會認為回到自己的家裡去吃苦是一件神聖的事。大表弟跟我們分手不久，就停學去做小工。每次我們遇到五姨母，第一件事是問候五姨父，第二件就是問候大表弟。『這孩子好，幫他父親不少的忙。這孩子也會養家了。』五姨母眼裡有淚，臉上掛著微笑。

逃難的那幾年裡，我們離家鄉遠了，再也聽不到大表弟的消息。大表弟因為年輕失學，文字表達的能力完全沒有培養起來。他會寫信，但是不願意跟我們通信。我給他去過一封信，他不給我寫回信。五舅的大女兒，我的大表妹，有一次給我二弟寫信，提到這件事，說：『狗王不肯給大表哥寫回信，說他的信大表哥看了會笑話，告訴大表哥他平安無事。』

一個十五歲就出去賺錢養家的小孩子不會真正平安無事的。他跟人打過架，受過傷。他在覺得日子過得太單調的時候，到小吃攤兒上去喝酒，後來，竟成為一個不醉的小伙子，有一點兒名氣。他有錢的時候，就上賭場去玩，贏過一點錢，不過大多數的日子是輸得精光。

五姨母很想管教管教他，但是他已經懂事，有一套歪曲的人生觀，常常說話刺傷了五姨母的心。大表妹告訴我的，他有一次無心頂撞五姨母說：『你就少說我兩句行不行？賺錢養家不是一件容易的事！』五姨母為這句話傷心的哭了一夜。

大表弟在十八歲的那一年，跟一個十八歲的女孩子組織了家庭。他們租了一間小屋過自己的日子。五姨母到處尋找失蹤的孩子，好不容易聽人說起，才知道他的十八歲的兒子已經是一個跟他同年齡的女孩子的丈夫。那個女孩子是一個咖啡館的女服務生，長得很秀氣，很同情大表弟的人生遭遇。這都是大表妹說的。她說：『兩個並不快樂的年輕人，有時候會在一起。』

這件事情引起整個大家族的反感，用另外一句話說，就是大表弟從此有了很壞的名聲。親戚們是把他當作「浪子」的標本作教訓子女舉例用的：『你比如說那個狗王，他就是因為……』這是常聽到的。比我年輕的孩子們的心目中，「狗王」就等於《聖經》裡所提到的那個浪子。

戰爭結束以後，我隨著報館，坐船回到家鄉。我們手裡拿著國旗，跟手裡也拿國旗的家鄉人在家鄉的街頭上流淚擁抱，互相問候活躍在我們童年時代的所有的長輩。

我回到報館，正準備上二樓寫一篇晚上要交的特欄稿，營業組櫃檯上的同事告訴我，有一個白頭髮的中年婦人要見我。我回頭一看，低著頭，靜靜坐在會客的沙發上等著我的中年婦人，就是五姨母。她面容像童年時代我所看到的一樣的慈祥。她說話也像我所記得的那樣心平氣和。只是那生活的勞苦，使她的頭髮白得比誰都早。我跟她談話的時候，想起母親的頭髮還是黑的。母親是五姨母的四姊。五姨母跟我說的是：『好孩子，幫你的大表弟找個事情做。他現在失業。』

我答應了。大表弟那時候是二十歲。我們分手的時間，整整有八年。我急著想看看我的白臉張飛，看看我童年「桃園結義」的兄弟。

『我會叫他來看你。我說的話他已經完全聽不進去了，但是這一件事他一定願意。』五姨母含笑的說。

我們見面了。他還是那樣一個高大漂亮的薛仁貴！他對我含笑說：『大表哥，你好！』

我伸手去握他的手，他生硬的把手伸給我。他跟我不一樣，他不是握手過日子的。他不是記者。第二天，我跟表舅、六舅安排了一下，就替他在一個辦公廳裡找到一個送公文的工作。他是在街頭長大的，熟悉廈門的街道和路名兒。

不久，妹妹也單身回到廈門來了。我為這件事情操起心來。平日，我是一個人在編輯部睡覺的。妹妹來了，勢必要住到我們那座坐落在寂靜的公園邊的樓房去，一個人！

那是一座三層的獨棟樓房，左右幾戶人家都還沒還鄉，入夜周圍一片寂靜，聽不見人聲。公園裡深夜有叫人聽了毛骨悚然的貓頭鷹的啼聲。妹妹能一個人住在那裡嗎？雖然我夜裡三點工作完了以後，可以回家去陪她，但是三點以前的那一段時間怎麼辦？叫一個女孩子，住在一片死寂的住宅區的一座孤零零的樓房裡，這是什麼樣的安排？

大表弟知道這件事，特地跑到報館裡來看我，說：『大表哥不要操心，我來保護她！』

大表弟的忠義，更使我操心了。我悄悄的問妹妹：『你信得過他嗎？』

妹妹說：『信得過！你呢？』

我說：『我知道他是信得過的，但是人家會說我這安排是粗心的安排。』

妹妹說：『你放心。他是你的結義兄弟。』

那天晚上，我不到三點鐘就提早回家。一走到公園西路，就聽到貓頭鷹叫。天上還有月亮，但是馬路兩邊多年不修剪的大樹卻陰森恐怖，使人心裡不安。我並沒告訴大表弟我身上有鑰匙。我正在低頭開大門的門鎖，門忽然拉開了。大表弟雙手高舉一根棍子，雙目炯炯發光，站在門內像一個薛仁貴。

『是你！』他笑著，放下了棍子，帶我上二樓的客廳去休息。

『妹妹好嗎？我想去看看她。』我說。

他輕輕的回答說：『表妹在三樓，她已經睡了。你想看她也進不去，我叫她把房門鎖了。我叫她安心休息，外頭有什麼動靜都由我來對付。』

白臉的張飛，高大的薛仁貴，你不知道那個時候，你的大表哥聽了你的話心裡有多慚愧！

阿乙姊

我雖然喊她「阿乙姊」，其實她只不過大我一兩個月。我們第一次見面，她穿的是陰丹士林大褂兒，我穿的是黃斜紋布學生裝，一藍一黃，都是瘦瘦的初中一的學生。我有些怕羞，但是她待人非常親切，而且又是表姊的身分，所以很快的就消除了彼此心中陌生的感覺。

我們一家是為了躲避炮火，才搬到鼓浪嶼去住的。我們租的房子的大門，正好對著表舅家後院的圍牆。阿乙姊就是表舅的女兒。我、我二弟、我妹妹、我五姨的兒子、我五舅的兩個女兒，還有阿乙姊，這七個表兄妹差不多每天都在一起玩。從表舅家的廚房的後門進去，走出那乾乾淨淨的廚房，就是他們那個擺滿了花盆的石砌的後院。

表舅常常笑著跟我說：『自從你們搬來以後，我們家的廚房就變成你們小虎小龍的交通孔道啦！』

表舅住的房子是一座中式平房，中間是客廳，左右兩邊是臥室，地上都鋪著大紅磚，大紅磚永遠洗得乾乾淨淨。房子的旁邊，是表舅另外增建的一間小書房，那是我最愛去的地方。小書房是細長形的，用一個大大的玻璃書櫃把它隔成前後兩部分。前面靠院子的部分是一個小型的客廳，有四張沙發，兩個書櫥。後面的部分是表舅的工作室，擺著他的大書桌、打字機和一溜兒大型書架。

我常常留連在書房裡的那個小型客廳，捨不得離開，因為我愛極了那兩書櫥的書。表舅把樣子難看的舊書都擺在書房後部的書架上。小型客廳那兩座有玻璃門的書櫥裡，擺的都是乾乾淨淨的新書，書的排列法完全根據美術觀點。站在那兩座書櫥前面，我會完全相信書是最迷人的藝術品。

那書櫥裡有一套我後來才知道的《大英百科全書》；有一套我後來才知道的英文本的世界文學巨著，包括但丁的《神曲》、塞萬提斯的《唐·吉訶德》、歌德的《浮士德》、托爾斯泰的《戰爭與和平》、米爾頓的《失樂園》、莎士比亞的一大堆劇本等等。另外，還有一套我後來才知道的《狄更司全集》。

中文方面，有一套《世界文學大系》，有一套《新文學大系》；還有一套精裝的中國文學巨著，包括《水滸傳》、《三國演義》、《西遊記》、《紅樓夢》、《鏡花緣》、《儒林外史》等等。最有趣的是還有一套中文版的《福爾摩斯探案全集》，有一套中文版的《俠盜亞森羅蘋全集》。另外還有一套《歷朝通俗演義》。

我喜歡看書櫥裡那些紅、白、藍、綠、咖啡各種顏色的配合，也喜歡看精裝本書脊上的燙金字。『有一天，我也會有這樣的幾櫃子書！』我告訴自己說。

表舅很疼愛阿乙姊。他那兩櫃子書都是全新的，還帶著油墨香、紙香，是誰也不敢去碰的，但是阿乙姊可以隨便打開玻璃門，一本一本的搬出來玩。

『來，你喜歡哪一本就拿哪一本！』阿乙姊很慷慨的對我說。

我可以把表舅形容成「完全不敢反對」，他只能心疼的說：『好女兒，一定要洗手，一定要叫他們先洗手。』

阿乙姊會用眼睛給我打過來一個信號：『不洗手沒關係，有我在這兒，他不會怎麼樣。』

我不得不承認，在我跟阿乙姊做鄰居的短短一年裡，表舅書櫥裡那幾本厚厚的《西遊記》、《水滸傳》……那一套《福爾摩斯探案全集》的封面、書脊，都變得像不愛洗臉的孩子的面頰了。你說不出到底是什麼地方髒，可是看起來就不那麼乾淨。一切事情果然都跟阿乙姊所說的一樣，表舅從來沒對我說過一句抱怨的話。

雖然那時候我們都還只能算是小孩子，我已經感覺得出阿乙姊有一種使人信賴她，喜歡跟她接近的偉大力量。那力量就是由她的慷慨，不拘小節來的。我儘管對她有些不服，認為她只不過大我一兩個月，但是只要我們在一起，我這個弟弟是當定了，她這個大姊是做穩了。

奇怪的是我跟阿乙姊在一起的時候，我從來沒想到她是一個女孩子，我心裡沒有跟一個女孩子在一起的那種感覺。我的意思是說，這個「少年維特」並不變得溫柔起來，並不覺得內心充滿幸福，並不警惕著自己不要引起其他的「少年維特」的妒忌。她的辮子，她的陰丹士林大褂兒，一點兒也不能引起這穿黃斜紋布學生裝的「少年維特」的煩惱或憂愁。

她成了我真正的朋友。我們七個遊伴一起爬山，一起在到處都是石階的鼓浪嶼街道上追逐賽跑的時候，我覺得她是比我的表弟更男性的。我喜歡這個實際上是個女孩子的朋友。

我們都沒有想到我們會那麼快的長大，都沒有想到八年後我會為了她，特地邀集其他的五個當年的遊伴，為了義氣，到廈門一條後街的一座破木板樓上去探望正在過著放逐生活的她。我更沒想到，那次會面會那麼愉快，會那麼深刻的使我學會了什麼是「愛」跟「責任」。

阿乙姊那年二十二歲。他，跟阿乙姊一條心的青年，那年二十四歲。兩個人在家裡都是受寵愛的，但是他們的婚姻受到雙方家長的阻礙。雙方家長都是那樣的同心，那樣的盼望這一對年輕人能分手，然後各奔自己的錦繡前程，然後各找自己的美滿歸宿。雙方家長都認為分手應該是很容易的，但是這一對年輕人卻是成熟的，他們不認為他們的情感是可以用這種方式來處理的。這一對年輕人彼此都重視自己對對方的責任，不認為情感是一種遊戲。他們要生活得認真些，不願意把真摯的情感當作普通事務來處理。

阿乙姊告訴他，自己願意過真正的苦日子，然後一步一步求發展，絕對不願意躲回家裡去，造成一輩子的後悔。他，也同樣告訴阿乙姊說：『如果我拋下了你，自己去追求什麼錦繡前程，日後就算有些什麼小小成就，我也沒臉抬起頭來見人。我們兩個一起吃苦得來的成就，才是能見人的成就。我們都回家去把事情說清楚了吧！』

沒有爭吵，也沒有哭鬧，他們都只帶了比家長允許他們帶的還要少的衣物，手拉著手搬進一條後街的破木板樓上去住。房東不敢相信會有人賞識他的破樓，答應他們月底再交房錢。然後，兩個人各自出去找工作。事實上，雙方的家長在自己的子女搬出家門的那一天就已經後悔了。為了不願意造成日後永恆的後悔，雙方家長都即刻展開了贈送家具、食物的大行動。

我們去探望阿乙姊的那一天，我看到的是一座超載的破木板樓。那搖搖欲墜的破樓上，已經有新床，有衣櫥，有書桌，有飯桌。最使我感動的是，表舅那一座裝滿《福爾摩斯探案全集》，《世界文學大系》的玻璃書櫥也整個的搬過來了。

阿乙姊仍然像從前那樣的親切，警告這一群講義氣的表弟表妹說：『請你們腳步放輕一點，千萬不要走近窗口，當心這座樓要倒！』

她很大方的介紹我們跟年輕的表姊夫相見：『就是他！』她說。

他是一個皮膚潔淨的青年，臉上有一股英氣，眼中含著笑意，不過卻不是一個話多的人。我可以看出他很感激我們去探望他。他披了上衣，跟大家點頭說：『你們坐。我出去一趟。』細心的，一步一步踩著搖晃的木板樓梯下樓去。

『他考上了一個公司的職員，今天去報到。』阿乙姊說。

大表妹問她：『你們什麼時候搬回去？』

『回去？』阿乙姊說。『現在剛開始吃苦，怎麼可以馬上又躲回家裡去？他說的，等將來自己有了個像樣的家，再搬回去跟父母做伴兒，養父母的老。不過，下個月拿了薪水，我們倒是真要搬一次家了。這座破樓太危險。』

大表妹又說：『你爸爸媽媽不想你呀？』

阿乙姊說：『我也想他們啊！但是我不能把他一個人扔在這座破樓裡，自己回家去享福。那像什麼話，對不對？現在我也有我自己的家了。』

大表妹不小心的流露了真情說：『我真羨慕你們兩個。』

阿乙姊毫不思索的說了一句使大表妹滿臉通紅的話：『我看你也快戀愛了！』大表妹那年二十歲。

我打開靠近窗邊的那座我所熟悉的玻璃書櫥，抽出一本書來，掀開米黃色的封面，翻到的是尼采有名的《查拉圖斯塔如是說》的全譯文。這是現代的存在主義者所讚賞的書，也是現代的大一學生愛讀的書；但是在我二十二歲的時候，我就已經是很不「存在主義」的，也不覺得這世界很荒謬。我愛這個世界，而且也培養了改造的堅忍，我愛讀那文章，是因為那不斷在書內閃現的「偉大的孤獨」的精神。

阿乙姊看見我在細讀那本書，就走過來說：『你喜歡，就拿回家去看吧！你喜歡哪幾本就帶走哪幾本。』

她還是那麼慷慨。她還是那個「阿乙姊」。就連那一櫃子可以使她覺得父親就在身邊的書，她也認為那是隨時可以施捨給朋友的。

卷三

穿輪鞋的孩子

阿珠

五歲那一年，住在日本的神戶，我認識了我的第一個日本朋友。

我們家二樓的過道上有一個大窗戶。搬一個小凳子，人站在凳子上，用小手打開窗戶，就可以看見樓下那個靜靜的日本庭院。庭院裡有一個彎彎曲曲的長形細腰池塘，養著幾條紅鯉魚。池塘上架著虹形的小石橋。池塘裡有石頭堆成的小島，長了幾株羊齒植物。小島上有石頭砌成的小亭子。院子裡有白碎石鋪成的小徑。小徑旁邊種了一些花，還有幾棵櫻花樹跟一棵松樹。另外所能看到的，就是一片乾淨的屋頂。

我高聲喊：『玉子！玉子！』

屋子裡就會跑出來一個胖胖的日本小女孩兒。

『嗨！』她會抬頭跟我打招呼。

接著，她的喜歡鞠躬的母親就會跟著走出來，笑咪咪的抬頭看我，用驚歎的語氣看著我說：『好可愛，不是嗎？好可愛的男孩子，不是嗎？』

接著，她的留著希特勒鬍子的嚴肅善良的父親也會跟著走出來。他繃著臉跟我點頭，繃著臉跟我招手。他會指指我那探到窗外的身子，嚴肅的說：『當心哪！』然後伸出雙手，做出要接住墜樓人的姿勢。小女孩兒笑了，小女孩兒的母親也笑了。

『好可愛呀，不是嗎？』小女孩兒的母親說。

『正是，正是。』小女孩兒的父親嚴肅的說，臉上的表情就像是在思索一個嚴肅的問題。那問題的第一命題似乎就是「中國的男孩子是可愛的」。

我會伸手指指小女孩兒家的大門。小女孩兒就會點點頭，向大門跑去。

我自己也跳下凳子，乒乒乓乓的衝下樓梯，跑到大門口去跟她會合。我們就在寂靜的住宅區的街道上拍毽子，念日本兒歌。

有時候，她會隨便指一樣東西，問我：『這是什麼？』

我就用中國的閩南語回答她。她就用心的學，一遍一遍的說。

小孩子都是很幸福的，因為小孩子都不懂得「佛洛依德」的學說，都不受那種可怕的學說的污染。

在我的小心靈裡，「一個胖胖的小女孩兒」的含義就等於是「一個可以信任的朋友」。

回到故鄉廈門，我七歲進了幼稚園。開學的那一天，有四位長輩送我上學：父親、母親、六舅、六姨。級任老師跟我們家是認識的。她把我帶進寬大的，擺滿了三輪腳踏車的教室，說：『都是跟你一般大的，找個小朋友去玩玩吧！』她拍了我一下屁股，把我往前一推。

我看見一個胖胖的小女孩兒，站在一個凳子上，靠著窗戶，靜靜的看小學部的大孩子在院子裡玩。我就走過去，站在旁邊的另外一個凳子上，也靠著窗戶，挨著她身邊，靜靜的看小學部的大孩子在院子裡衝啊，跑啊。

有一個大孩子摔了一跤。她嘻嘻的笑了。我也嘻嘻的笑了。她轉過頭來，指著那從地上爬起來的大孩子，跟我笑一笑。我也覺得那摔跤的大孩子樣子很可笑，所以也跟她笑一笑。

她笑完了，就跳下凳子，去騎腳踏車。我笑完了，也跳下凳子，去騎腳踏車。

六舅、六姨、布老師，臉上都露出驚異的表情，笑著走過來。六姨彎腰指著那小女孩兒說：『阿珠好不好？』

『好！』我說。

『你喜歡不喜歡她？』六姨問。

『喜歡！』我說。

『將來長大跟不跟她結婚？』

我躊躇了一下，研究「結婚」的含義，最後判定「結婚」的意思就是「在一起玩」，所以就不再考慮的回答說：『我要跟她結婚。』

身邊忽然爆發的大笑聲，使我大吃一驚。六姨笑彎了腰。布老師瞇瞇的笑著。六舅不停的點頭，深思的說：『有意思，有意思。』

我臉紅了。我知道我說錯了話，但是不知道錯在哪裡。幼稚園的小朋友都圍了過來。他們都很快樂。他們快樂，是因為看到三個巨人似的大人都笑得那麼快樂。

升上小學一年級以後。我整天都在阿珠身邊，阿珠也整天在我身邊。我們是最好的朋友。我跟男同學疏遠，也跟其他的女同學疏遠。不久，儘管還是一年級的小孩子，我也能感覺到一種不好的空氣包圍著我。不管男同學或女同學，大家似乎都把我看成一個「可笑的人」。我不知道原因，但是感覺得出來。

當然我現在懂。那是「佛洛依德」的學說開始要給我顏色看了。我多麼無辜，我那時候還那麼小，哪裡懂得「佛洛依德」的勢力？哪裡知道我已經冒犯了他的學說？我很純真的，認為阿珠是最可信任的朋友。

阿珠比我小一歲，所以也比我幸福「一歲」。她感覺不到那種不好的空氣，還是那麼和氣，還是那樣的不多說話，只知道把她家裡的東西帶來給我吃。

上二年級的時候，就有同學開始罵我：『哼，跟阿珠結婚！』

我聽了，就用我的皮鞋踢他。他故意大聲的哼哼，告到老師那兒去。

老師問我：『為什麼踢人？』

我說：『他罵我跟阿珠結婚！』

老師嘴角掛著笑意，雙手撥弄我們兩個人的頭髮說：『同學要和好，打架是不應該的。快回去好好玩兒。』

我們都很聽話，不過那「好好玩兒」對我們卻有不同的含義。他回去跟男同學好好玩兒。我回去找阿珠。

到了上三年級的時候，「佛洛依德」學說的勢力更大了。所有的男同學，都規規矩矩的只跟男同學玩兒。所有的女同學，也都規規矩矩只跟女同學玩兒。這種情形，使我跟阿珠都覺得很為難。

我不能沒有理由忽然不理一個最忠實的朋友，阿珠也一樣，不管世界變得怎麼樣，她也不能毫無理由的忽然不理一個最忠實的朋友。可是環境，那空氣，好像是在警告我們說：『你們誰要是再理誰，你們要吃虧啦！』

我那時候的年齡，最需要有一群男同學做我的遊伴。可是我的遊伴好像都是講條件的：『你要是老想跟阿珠在一起，那麼就請你滾開！』他們的意思就是這樣。

我到阿珠的桌邊去找阿珠，女同學們臉上的表情也很明顯：『你別再過來好不好？我們有我們的事情，你們男孩子有你們男孩子的事情。為什麼你就不能好好兒的到那邊去玩？』

每次我不得不走開的時候，阿珠總是微笑著，臉上充滿歉意，對女同學表示歉意，對我表示歉意。

到了四年級，我不得不很堅強的下了最懦怯的決心。我承認我不敢再去找在幼稚園時代所結識的最忠實的朋友了，原因是：我是男生，阿珠是女生。

我是有點兒大丈夫氣概的。我很想跑去跟她說：『對不起。我已經是男的了，你也已經是女的了，我們已經不能夠在一起了。不是我不講義氣，是大家不許，如果我要做男生，你要做女生，我們就只有這樣分開。請你原諒我，再見！』

我也意識到那個「再見」是很可怕的。那是指一輩子不再見面的意思，那是跟最純真的幼年時代告別的意思。雖然事情那麼可怕，我還是應該去說才對。可惜的是，每次剛向她走過去，心裡就害怕起來，彷彿所有的男生都在我背後齊聲吶喊：『站住！』我只好退回來了。

雖然我跟男生在一起玩得很高興，但是我總覺得對不住阿珠。我對不起幼稚園時代的一個好朋友。

小學畢業那一年，大家懂事多了。我也明知道在道義上應該走過去向她道賀，道賀她畢業，可是也就因為懂事多了，我竟羞怯起來。這一回不是怕男生反對才不敢去。畢業班的男生如果知道我幾年來的內疚，反而會鼓勵我過去道賀。那時候，大家都已經長成臉上充滿英氣的少年，都是特別重視大丈夫的豪俠氣概的。如果我真走過去向阿珠道賀，男同學不但不會笑話我，反而會格外尊敬我。

問題是我自己軟弱了，我已經成為「少年維特」了。我變成一個很容易害羞的少年。

畢業典禮以後，要照紀念照片，校長盼望我們兩個從幼稚園讀到小學畢業的資深學生，一個站在他左邊，一個站在他右邊。阿珠很大方的走了出去，我卻躲到後排，不敢露面。我對小時候說過的「結婚」的話，非常羞愧，非常敏感。

十九歲那一年，有一天，我竟在路上遇到阿珠。她穿著女校的學生制服，我穿著男校的學生制服。我規規矩矩的向她點頭行禮。她很大方的跟我點頭微笑，說：『你好嗎？』

我謝了謝她，忽然有一股男性的尊嚴在我心中湧起，我很誠懇的說：『小學的時候，我很對不起你。』

她吃了一驚，歪著頭想了好久，笑了起來說：『小時候的事情你還記得那麼清楚？我自己還不是一樣對不起你？』

她總算寬恕了我了。

我真不敢想像，如果我十九歲那一年沒遇到她，那麼，我有什麼其他辦法可以抹去我心中明鏡上那一層不義的污垢？

成親王

上小學五年級的時候，班上的「成親王」成了我最要好的朋友。他實際上並不是一個真正的滿清親王，只不過是特別喜歡清朝皇族書法家「成親王」的毛筆字罷了。他的書包裡，一直放著一本陰文的《成親王竹枝詞》字帖。

我喜歡的是宋朝貴族趙孟頫的毛筆字。我書包裡放的是一本《趙孟頫讀書樂》的陰文字帖。我常常取笑他說：『成親王的字是柳公權的字跟趙孟頫的字「兌」出來的，不算本色！』

他也常常笑著對我說：『我寫成親王的字，看起來像成親王的字。你寫趙孟頫的字，卻連一點趙孟頫的影子也沒有。成親王的字再不好，也比你的字強。』

其實我從小就很能欣賞中國書法的藝術，可惜因為志向不在這裡，所以不肯像王羲之為那無法形容的「一撇一捺所造成的美妙氣象」投下了一輩子的光陰。我非常小氣，寧願把時間拿來讀書，拿來思想，捨不得為「字」作「時間的投資」。

「成親王」的字確實寫得非常像成親王。他不但每天要臨寫幾十個字，並且還要把那本《成親王竹枝詞》拿起來「讀」，每一個字都「讀」得津津有味。

『你看這一撇兒，真夠意思！』他說。

我知道他的話是對的，但是我故意跟他辯論，說：『趙孟頫的那一撇兒，比起成親王的這一撇兒更有味兒。』

他聽了，就會放下字帖不讀，瞪著眼睛看我，過了一會兒，領悟出我是故意跟他作對，這才哈哈大笑，伸手拍拍我的背，原諒了我。

『走，我們一起去小便！』他豪放的說。

他要上廁所，一定邀我。我要上廁所，一定邀他。我們常常一邊「小」，一邊談話。我們要談的話很多，可是在教室裡我們並不同坐一張課桌。下課的十分鐘，我們是非常珍惜的。在廁所裡排隊的時候，我們還是談個不停。

他的毛筆字確實寫得好，老早超過小學生的程度。有一位老師就說過他的毛筆字是「早熟」的。他那麼小的年紀就能對書法藝術著迷，確實是智慧比別人高些；又肯下工夫勤練，確實是個有毅力的人。在班上，他是參加學校書法比賽的「當然的班代表」。

『「成」字的那一個鉤寫壞了。我完啦！』他參加書法比賽回來總要說些這樣的話。過了幾天，發表名次，他總是拿第一。在我的眼裡，儘管他寫的是我不欣賞的成親王的字，他的字是完美無缺的；可是在他自己的眼中，他的每一筆都是寫壞了的。他對每一筆都有自己的理想，達不到那理想，用他自己的話說，就是「寫壞了」的。

他的家住在廈門市郊的「吳村」。那村子裡的人家都姓吳。吳村水多，小河也多，到處可以看到綠池白鵝的畫面。父親常常說：『吳村出藝術家。』父親認識一位電影導演，叫吳什麼的，藝名就叫「吳村」，常常出現在電影海報上，那是為了紀念自己的家鄉的。那位藝術家活躍在上海。

我家離學校很遠。吳村離學校更遠。每天下午放學回家，成親王陪我走到我家門口的龍眼樹下，才不過走了他回家全程的三分之一。他告訴我，他到家的時候，村裡早就「炊煙裊裊」，太陽也早就落到村後的大龍眼樹下去了。

我問他夜裡怎麼做功課。他說：『村子裡沒有電，大家都點油燈。夜裡點油燈做功課費油，大清早點油燈做功課省油。』

他一回家，就吃飯洗澡，上床去睡。第二天清晨四點，他們種田人家差不多個個都醒了。他起來點燈做功課，只要天色夠亮，看得清書上的字，就把油燈吹滅。有時候他忘了吹燈，母親就會責備他說：『天這麼亮了還點什麼燈！』他告訴我。

我跟他是不同「型」的學生。他是「課業第一」，國語、算術、社會、自然，門門都精，科科得「甲」。除了課本以外，他什麼書都不讀不看。我是另外一型，國語、算術、社會、自然，門門及格，剛剛及格，最多也不過多出五六分兒。可是我「博覽群籍」，從《苦兒努力記》看到《魯賓遜漂流記》看到《西遊記》，從《林肯傳》看到《佛蘭克林自傳》看到《水滸傳》。

最有趣的是，我雖然「博覽群籍」，但是作文成績卻跟他相差很遠。他的小楷非常工整。我的小楷，老師說的，像「一張紙上爬滿了蒼蠅」。他是：課本上讀過的成語「過目不忘」，都能「成誦」。我是：寫作文最不愛用成語。他的作文本子上，總是篇篇有一個紅色的「甲」字，而且每一組成語旁邊還有老師畫的四個紅圈兒。我的作文本子上都是「本色語」，孩子話，所以永遠不見開出「紅牡丹」，永遠吃「餅」，從來沒拿過「乙」。

他常常善意的取笑我說：『你看了那麼多書，到底有什麼用？』

我就抗辯說：『思想開通！』

在畢業的那一年，有一天下午我們同路回家。他在路上勸我說：『你要好好練字，將來記帳，寫信，字要過得去，才有升掌櫃的希望。』

我聽了，心裡疑惑，忍不住反問他說：『為什麼要升掌櫃？升什麼掌櫃？我會在哪兒升掌櫃？』

他這才吐露了實情說：『畢業以後，我就要到一家錢莊去當學徒。我哥哥沒念過書，已經下田工作。父親說田裡的人手夠了，我可以去學買賣。』

我大吃一驚，說：『不行啊，你應該多念一點書。』

他很世故的說：『你知道中學裡念些什麼書嗎？代數，幾何！』

『什麼代數，幾何？』我說。

『是一些用不上的東西。』他回答，接著又說：『還有英文。』

『什麼英文？』

『就是外國字兒，也是用不上的。』他說。

對於中學，我知道得不多，但是我總覺得他停學是不對的。我勸不動他，只覺得他心中充滿自信，而且真把畢業當畢業，不打算再學什麼了。他知道他將來要用漂亮的毛筆字來記帳，也知道寫信需要許多可用的成語。他有漂亮的毛筆字，也有成語，這不是畢業了嗎？

舉行畢業典禮的那一天，他除了跟我一樣，領到一份繫紅絲帶的白紙捲象徵文憑以外，還領到一張學業優秀獎狀。我知道我們分手的時候到了，就邀他一起走路回家。那一天，我把平日積蓄的錢都裝在童子軍服的褲袋裡，並且告訴父親說我中午也許不回家吃飯。

經過一家賣花生湯的小店，我們進去喝花生湯。經過一家賣鴨肉粥的有名的小吃店，我們進去每人要了一碗鴨肉粥。經過一個賣肉粽出名的小食攤，我們又進去去吃肉粽。我們一路吃下去，離家越來越近，離分手的時刻也越來越近。我有點兒心慌，就怕那時刻真的到來。那時候，我們就會站在我家門前的龍眼樹下。我會說：『再見！』他也說：『再見！』然後，這一對朋友就天南地北，各走各的路了。這是多可怕的事。

後來我們經過一家書店，我想到一個好主意，就邀他一起進去，買了一本新出版的《兒童之友》送給他，留作紀念。

他領受了我的好意，嘴裡卻說：『這本書沒什麼用的，白白糟蹋你的錢。』

我們在我家門前龍眼樹底下分手的時候，我說：『你要到錢莊去了。』

他說：『你要去上中學了。』

我們只說了這兩句話，也不懂得什麼臨別贈言，甚至也不懂得互相握手，就這樣很古板的，沒什麼話說的就分手了。

一年以後，我在鼓浪嶼的同文中學上學，有一天中午正要回家，看見成親王就站在校門口等我。學校就在海岸邊，校門口有窄窄的柏油路，柏油路邊種的是一溜兒相思樹，相思樹外邊就是海灘。那時刻正是漲潮時候，所以相思樹外邊就是洶湧的海水。人在柏油路上走，潮水拍岸，濺起的水花會打溼我們的衣裳。

他是跟許多舊同學打聽，才知道我是在同文上學，特地渡海來看我的。

我才不過上了半年多的中學，但是我發現我們中間已經產生隔膜。他老是用一種謙恭敬畏的眼神看我，使我覺得非常不自在。

『你們中學裡念些什麼書？』他問。

『一樣，就是一些課本。』我淡淡的說。

『一定很深。』他恭敬的說。

『英文怎麼樣？』他又問。

我為了逗他笑，就回答說：『ABCD。』

可是他並沒笑，只是很謙恭的說：『一定很難。』

我看見他拿著一本書，就問他那是什麼書。他羞怯的把書遞給我看。那是一本薄薄的《尺牘大全》，封面上畫著一個人在寫信。

有幾個中學同學在路的那一頭兒喊我，我跟他們招招手。成親王就說：『他們叫你呢。你跟他們走吧！』

我告訴成親王，我可以不理他們。他說：『不，你還是去吧。我回家去了。』

在龍眼樹下的那次分手，並不是真正的分手。在海邊的這次分手，才是兩個好朋友的真正分手。

成親王不再那樣神采飛揚。成親王不再那樣有說有笑。我心裡有一種很複雜的感覺。我隱隱的體會出成親王來看我，只是想說一句他不知道怎麼說才好的話。那就是：『那一年，我做了一個錯誤的決定！』

綠書包

我沒有數字的迷信，但是「十三」總是在我的生命史上飾演一個令人喜愛的喜劇角色。

我上學比一般孩子都遲些。六歲在日本神戶的華僑小學上了一學期的幼稚園，四歲的弟弟跟我同班。我記憶最深的，是我弟弟每天上學前的哭聲。

『我今天不上學！』

『不要把我關在小房間裡！』

這個華僑小學的教學用語是廣東話。我的幼稚園老師，兩位都是廣東小姐。我父親自己是一位「多聲帶」的人，所以也希望我們接觸各種語言。我所學的第一首幼稚園歌曲〈我有一個洋娃娃〉也是用廣東話唱的：『我有一個小公仔。』

弟弟滿口的廈門話，對廣東話不能適應，每天上學等於叫他「到廣州去」，所以總是大哭大鬧，在家穿幼稚園圍裙鬧一次，在教室裡鬧第二次。在教室裡哭鬧，影響大家上課，所以老師就把他連他的哭聲，一起關在跟教室相連的堆雜物的小房間。這就是為什麼每天上課以前他要哭喊那使人心酸的話：『不要把我關在小房間裡！』

第二年回到廈門故鄉，我又上了一學期教堂小學。那是教會辦的，買了一大片地，卻只蓋了一座鐘樓跟四間教堂。大門非常堂皇，圍牆是跟倫敦白金漢宮一樣的鐵欄杆，但是圍牆裡除了那座鐘樓跟四間教室以外，廣大的背景卻是一片荒草萋萋的野地。這學校的教學用語是廈門話，不過課文卻是按國音念的。

我們用一種特殊的翻譯法來學習功課，一句國語，緊接著再來一句廈門話。課文是：『小狗跑。小貓跳。跑跑跑！跳跳跳！』我們的念法是這樣的：『小狗跑——小隻狗仔走！小貓跳——小隻貓仔跳！跑跑跑——走走走！跳跳跳——跳跳！』

雖然課文念的是狗跟貓，但是我除了嘴裡跟大家一起念經以外，總是扭過頭，專心的留意窗外那一片野景：天上風起雲湧，地上一片荒草似乎一直伸展到天邊，有牛羊在那野地裡吃草。我真正的課文，已經不是院子裡的狗跟客廳裡的貓了，我的心在荒野裡的牛跟羊。

後來我上了高中，念到漢高祖〈大風歌〉的「大風起兮雲飛揚」，念到〈敕勒歌〉的「天似穹廬，籠罩四野，天蒼蒼，野茫茫，風吹草低見牛羊」，能覺得彷彿是舊相識，就是因為這些「語言圖畫」我在教堂小學早就見識過它的真正的「自然藍本」了。

教堂小學只念了一學期，下半年就轉入一個有名的小學去念附設的幼稚園。真正升上小學部一年級，我已經八歲。等到小學畢業，我已經是一個十三歲的「老孩子」了。

就在十三歲小學畢業那一年，我立志投考廈門最有名的省立第十三中學。我在班上的名次是第十三名，那已經算是不壞的了。可惜的是考試的時候太過大意，一心以為必定能夠錄取，結果卻大大失望，只考了個備取的第十三名。我的希望落了空，當然除了大哭一場以外，就只有不懷好意的盼望開學報到的時候，有十三個正取生忽然為了某種緣故不能來上學了。

就在那個暑假裡，第二次中日戰爭爆發了。有許多華僑子弟為了逃避炮火，都離家到南洋。當時局勢非常紛亂，開學那天，真正去報到的正取生不到三分之一。學校決定暫時停辦，把已經報到的學生移交到已經搬到鼓浪嶼安全地帶的同文中學，並且通知幾十名備取生到同文中學去報到上學。同文中學的校舍，就設在處處都是海邊的鼓浪嶼海邊一座小山上的一座花園別墅裡。

我就是在同文書院初中部一年級的教室裡認識了他，鄖國強。

他長得很高大，皮膚很黑，牙齒很白，穿童子軍短褲的時候，可以看到他有兩條壯健的腿，腿上都是毛。不知道為什麼，我把他的腿跟毛連結在一起，偷偷在心裡給他起了個外號叫「飛毛腿」。他從來不知道他有這個外號，全世界也沒有第二個人知道他有這個外號。只有我跟自己說話，而且恰好又想起他的時候，這外號才用得上。

他臉上的表情是很使人迷惑的。那是成熟人的表情，完全不像一個孩子。尤其使我不自在的是，他跟我說話永遠稱呼我「你們」。『你們每天放學以後，拿什麼時間做功課？』他說。

我開始琢磨這個「你們」的微妙含義。不久，我就弄清楚那「你們」，指的就是「你們這種小孩子」。跟他有了比較深厚的感情以後，我更進一步的發現那含義竟是「你們這種幸福的小孩子」。

他的言論也使我很驚異。我們的國文老師是一位北平籍的女老師，國語漂亮，教法非常現代化。「飛毛腿」有一天跟我說：『這位老師的教法很好。』

這是我從來沒想到的事情。我只關心老師每天指定的作業多不多，從來不懂得去觀察老師的教學方法，更沒有能力去批評教法，欣賞教法。對這個用超然的態度鑑賞教學法的同學，我有點兒嫌惡，認為他的話裡充滿了俗氣。

更使我吃驚的是，有一天下課，他竟率直的走到老師面前，略微低下了頭，看著老師，很誠懇的問老師說：『老師這些學問是怎麼得來的？』

我聽了，在心裡罵他：『俗氣俗氣！』

他給我的印象是：他根本不是一個學生。他是一個闖入學校的俗人像一條闖入教堂的牛。他不是來享受學校生活的。他來觀察，來見識，來發表感想。我實在有點兒生他的氣。

他每天早上第一堂課經常遲到，經常不穿學校的黃斜紋布制服。他肩膀上掛著書包，像一個小學生。這也是跟我們一般同學的習慣不一致的。我們喜歡用一條細細的書帶，十字交叉的繫住兩三本課本，抓住帶子的一頭，把那兩三本書搭在肩膀上。那才是「中學」，那才「帥」。

上「動物學」的時候，男老師告訴我們動物學叫「租歐洛雞」。他根本聽不進去。下課，他發表感想說：『要緊的是讓我們把英文字母弄懂了。說那麼深的英文對我們有什麼用？』這種話我也聽不進去。他太不懂得中學裡的那個「帥」了。

上英文課鬧笑話的也是他。老師教一個英文字「花生」。那英語發音是「拼那特」。「飛毛腿」不會音標，就在英文字的旁邊畫一根笛子，因為笛子的廈門語發音是「拼那」。有一次，儘管他上英文課幾乎是把整個大身子縮到課桌底下去的，還是被老師喊起來問話了。老師問他花生的英文該怎麼說。他看了課本一眼，大聲的回答說：『洞簫！』

下課以後，他跟我解釋說：『真要命，我一時想不起來那天我畫的到底是什麼啦！』

其他的同學都是用嫌惡的態度對待他的。只有我，對他懷著三分同情，這是因為我嫌惡同學們取笑受窘人的那種傲慢淺薄的態度。我對他的同情，根源是我對同學的反抗。這樣一來，我就成為他在班上唯一的朋友了。不過我仍然不大喜歡跟他在一起。他拖累了我，使我不「帥」，沾上俗氣。

放學的時候，我跟幾個肩膀上搭著幾本書的同學一起走。他會遠遠的追上來，把我喊住。我離了群，遷就這一身俗骨的人，心中難免有些氣憤。但是，他是有話要傾訴的，而且他只有我這個朋友。

每天下午四點鐘放學的時候，我的心情是沉重的。我得忍住氣，聽他說一些成人一樣的雜感，難免在心裡埋怨他奪走了像我那樣年齡的孩子應該享受的稚氣的樂趣——跟一群可以打打鬧鬧的同伴一道回家的樂趣。

但是他那天下午四點鐘的傾訴，卻使我漸漸的在心中形成了一幅有關他身世的明晰圖畫。他已經是十七歲，是一個超齡的初中一學生。父親已經去世，生前是一位郵政業務士，當時我們的叫法是郵差。母親用一雙手，整天在大腳盆裡洗十幾個人家的衣服，勉強的才能夠維持生活。他每天早上要先送完牛奶才能夠去上學。

『恐怕我也只能念這一學期書了。明年，我去考郵差。』他說。

這可以說是我少年時代第一次聽到的最堅毅的話。我的心震顫了一下。在教室裡，他顯得太老，太遲鈍。可是在另外一個世界，那個生活的大世界裡，他又太年輕，太早熟了。我想起我父親的世界，再看看就要到那個世界裡去的飛毛腿，我第一次注意到他「簡直是一個小孩子」。

『你不念書啦？』我問。

『念不起。』他說。

『當郵差是要考試的嗎？』我第一次顯示出我的稚嫩和無知。如果我也想進入他要進去的那個世界，大概每天在後頭追著找機會跟一個朋友傾訴的，就是我，不會是他了。

『當然！』他回答我的話。我們恰好走到他那狹窄的家的門口。我聽到嘩啦嘩啦的水聲，那是他母親雙手在水中操作的聲音。我忽然失去了那種叫「生之勇氣」的精神力量。我逃走了，像一隻受驚的小雞兒。

第二學期，他就不來上課了。

有一天下午，我跟幾個同學回家，遠遠看見前面有一個穿一身綠衣裳的郵差，背向著我們，邁著大步，向小坡上的一座洋房走去，一邊脫下帽子，掏出手絹來擦頭上的汗。我特別注意到他背著的是一個大大的、鼓鼓的綠色大書包。

他不過是由同學眼梢走過的普通的郵政從業員。但是我認識他。那是飛毛腿的背影。如果他轉過臉來，輕狂的同學們一定會大吃一驚。他是他們見過的最年輕的郵差！

穿輪鞋的孩子

童年住在鼓浪嶼的那一段日子裡，過的都是租房子住的不安定的生活。我在同文中學讀書。每天穿著童子軍制服上學，出了巷口，總要拿身上的零錢在小糖果店裡買幾顆糖帶到學校去吃。

小糖果店的對面，是風景優美、鋪滿綠草的萬國公墓。公墓旁邊，隔著一條小巷子，有兩座相連的兩層樓房。樓下是一家把兩個鋪面打通了的罐頭食品行，那大排場，那濃厚的英國氣氛，那遠遠就聞到的西餅店特有的香料香氣，使愛吃糖的童子軍心中湧起「小戶人家的自卑」，又羨慕，又不敢走近，總覺得身上這幾個零錢恐怕還不夠在那堂皇的食品店裡買一顆糖。

我見過店裡玻璃櫃檯上大玻璃罐裡的外國巧克力糖。每一種都有最了不起的包裝。對一個中學生來說，那些糖果的包裝紙，都值得拿來當作美術品收藏。

我是連星期日也吃糖的。星期日我到巷子口的小糖果店去買糖，總要回頭去看看那家罐頭食品行。到裡面去買東西的顧客，都是穿得很體面、身上有奶油氣味的英國人。常常在店裡招呼這些有禮貌的英國顧客的，卻是一個非常純樸厚道的中國人。後來我才知道他就是店主。附近的居民都很敬重他，因為他對待中國人跟對待外國人一樣的和氣誠實。

他認識英國領事，因為英國領事常常親自陪太太到他店裡來買東西。可是他並不因為自己是「認識英國領事的人」，就變得非常傲慢無禮。鄰居們都說，他脾氣很好，跟人有爭執時一定先開口陪不是，打聽對方的意思要他怎麼辦，他就一定依對方的意思去辦。相反的，他對英國水兵的態度就嚴正得多。英國水兵要是搗毀他店裡的東西，他就會寫外國狀子到英國領事館去要求賠償。

我注意到店裡有一個很神氣的男孩子，跟我一樣的年齡，卻不像我這樣單弱羞怯。那時候我剪平頭，那個孩子卻留著瀟灑的長頭髮。我不愛運動，踢足球常常摔跤。那個孩子卻是肌肉結實，四肢長得停勻。我夜裡貪讀翻譯小說，臉色蒼白。那個孩子卻有一身發亮的褐色皮膚。那是常在海水裡游泳的記號。我父親說我有一身仙骨，意思是說我童年的舉止行動常常流露出一種閒適。那個孩子的模樣卻像外國雕塑的太陽神像，渾身都是活力。

我是安靜的，沉思的。那個孩子是活躍的，行動的。如果拿動物來形容，我像一隻小鹿，他像一隻小花豹。

他在家裡是受寵的。我常常看到他自由自在的打開大玻璃罐，抓一塊巧克力來吃。他父親平靜的看他做這件事，並不覺得有什麼不對。他受到父親的尊重，我並不驚訝，連我，也覺得他的受尊重是應該的。他是那種使父親得意的男孩子。

鼓浪嶼是一個人人走路的花園島，街上沒有車子。每星期天，那個男孩子就會在店門前的馬路上滑輪鞋。他滑得很好，像是在空中滑行的一隻海鷗。附近人家的孩子都喜歡站在馬路的這邊看，像看一場表演。我也是觀眾裡的一個。別人所看的是他美妙的滑行。我所看的是一個現代的「哪吒」，一個幸福的小王子。

因為戰爭的緣故，我停學了，一家人到香港去避難。一年以後，我跟父母親又回到鼓浪嶼，靠著一位表舅的安排，到英華書院初中二年級去插班。英華書院就是現代人所說的那種「貴族學校」，學生都是鼓浪嶼上流社會的子弟。那些學生，都不必為「謀生」操心，他們來接受的是精神上的教養，儒家的，以及「盎格魯撒克遜」的。

我白天上學，課餘有一位鐘錶匠到家裡來教我修理鐘錶，星期日到一位廣告師家裡去學廣告畫。這是我父親的教育理想：要有高貴的氣質，可是也懂得生活的艱難，能學習一兩樣謀生的手藝。這就是為什麼我跟一般英華書院出身的學生不同的地方。我是英華書院跟鐘錶匠跟廣告師聯合教育出來的。

在開學的第一天，我到教室裡去，等級任導師給我們按高矮排座位。在教室外排隊的時候，有一個男孩子從什麼地方跑過來，重重的推我一把，站到我前面去。我非常生氣，也狠狠的推他一把。他回過頭來，笑著，使出一套我從來沒見識過的拳路，一下子就把我的雙腕「擒拿」住了。我一看，這個男孩子就是我一年前所見過的那個「現代哪吒」。

從他那欺負人的氣勢，我推斷他是舊生。不過我這個插班生也是有骨頭的，就猛一用力，掙脫了雙腕，準備發動攻擊。但是他笑著說：『路數錯啦，是我自己放開手的。不服氣的話，等下了課再來。』

好容易等到下課，我們就同時走到走廊上去，一聲不響的打起來了。英華書院的傳統是老師尊重學生。有一位老師從我們身邊走過，看到我們扭在一起，就笑著問：『你們兩個怎麼啦？』

我的對手很淘氣的笑著說：『玩兒！』老師伸手摸摸他的頭髮，說：『二年級了，還是念小學時候的那副淘氣相。』

老師剛走開，我們正打算繼續下去，就有一個同學跑來說：『振家，夠了！』很老練的，一出手就抓住了我對手的雙腕。

這個來解圍的同學叫「漢傑」。他們兩個人的名字，引起來我很大的興趣，都含有他們的父親「望子成龍」的意味。

從那一天起，一個插班生跟兩個淘氣的舊生就成了好朋友。班上同學給我們起的稱號是「三人行」。成了好朋友以後，我才知道我這兩個新朋友都不是等閒之輩。

振家不但會滑輪鞋，而且在海水裡靈活像水鬼。他是足球隊的預備隊員，每星期有固定時間練球。他寫得一手漂亮的王羲之的字，功課是甲等，白話散文寫得很美，並且會擒拿術，會柔道，會拳擊。

漢傑會寫顏魯公跟柳公權兩體字。他讀書破萬卷，每天看一本文學理論或者翻譯小說，幾年來一直利用課餘跟一位年老的古文家念《古文辭類纂》。我們認識的那一年，他早就讀過《西廂記》，更不要提《紅樓》、《水滸》跟《三國演義》。

我跟振家相處的日子久了，才知道他的喜歡惡作劇，喜歡開玩笑，都是有原因的。他在家裡是長子，雖然父親沒有正式的跟他提過，但是處處都流露出盼望他好好兒的繼承那一份事業，經營那一家出息很大的罐頭食品店，繼續跟英國人做生意的意思。可是他是一個天分很高，多才多藝的人，不大情願把他的一生的光陰拿來「開店」，做老闆。

他的心情，現代人是不容易了解的。我所知道的現代人，沒有一個不盼望自己能有一天開起店來，賺起錢來，當起老闆來的。現代人所盼不到的，他只要含笑點一下頭就能得到，而且一切都是現成的。

廈門是一個有名的商埠，因此廈門人天生的都懂得怎麼做生意。長輩都有一套商業哲學傳授給子弟，那就是「誠實、努力、有恆」；尤其重視「誠實」，「誠實的商人遲早要發達」。他們認為商業上的成就，就是家族的光榮。

可是振家的想法不一樣。他並不希望繼承祖業。這一筆財富，他可以讓給任何一個人。他理想的人生是一枝筆，一張紙，一塊麵包，一壺水，一首詩。他要做一隻海鷗。父親的苦心他是知道的。他早晚得把自己的想法告訴父親，這也是他所知道的。因此他很苦悶，因此他需要一天到晚惡作劇，一天到晚跟人開玩笑。他需要一些激烈的活動，好讓他不去想那個不好想的問題。

我不知道小時候的同學解決了他的問題沒有。如果我們現在能見面，一起含笑數對方頭上有幾根白髮，那麼，我就可以心境平和的問問他了：『你現在到底是一隻海鷗還是一個老闆？』

白面書生

初中二年級我轉到鼓浪嶼一個歷史悠久的中學去念書。這個中學校園裡的大樹都是十九世紀種的，其中有好幾棵在八國聯軍進北京的那一年，樹幹上早就不只有一個年輪了。這些樹長成的時候，寫《老殘遊記》的劉鶚，寫《安樂王子》的王爾德，寫《傀儡家庭》的易卜生，寫《戰爭與和平》的托爾斯泰，都還好好兒的活在人間，頭頂上閃耀著文學的光輪。

我入學的時候已經是二十世紀了，但是學校裡還是充滿著古典的氣氛。坐落在校園裡的，是一座座英國式的老建築物。英文老師談的是喬叟跟莎士比亞，國文老師談的是韓愈跟姚鼐。我是喝白話文的鮮乳長大的，但是一入學不久，就背念起曹丕《典論》裡的〈論文〉篇來了：『……蓋文章經國之大業，不朽之盛事，年壽有時而盡，榮樂止乎一身……』

在辦註冊手續那一天，我看到一個跟我同年齡的古人。他穿的是純粹的漢裝：一條寬鬆的中國式繫褲腰帶的長褲，一件白色的對襟上身，肉色的長襪，黑色的布鞋。他留平頭，有一張大白臉，那白，不是蒼白，只是顏色特別白就是了。我吃驚的是，我從來沒見過那麼大的臉，也從來沒見過那麼白的臉。我忽然想起父親跟我講過的《聊齋》裡的一個鬼故事。那故事裡說的那個鬼，有一張很大很大的白臉，臉上卻沒有眼睛，沒有鼻子，沒有嘴。

一想起這個故事，我就對他笑了一笑。這個戴眼鏡的白臉人並不跟我笑，反而像凡事都要先歪著頭想一想的學者那樣，歪著頭想了一想，然後走到我身邊來，拿走我手裡的幾張表格，湊到眼鏡前面讀了一讀，即刻交還給我，嘴裡不屑的說了一句：『轉學生！』就頭也不回的走了。

他這種「禮貌」真叫我生氣，但是他那老練的樣子顯示出他是一個老資格的舊生，那是我不能惹的，所以只好容忍下來。這個學校是個講英國派頭的學校，學生上課坐的是大學的課椅，就是那種右邊扶手上有一個小小的放筆記簿的平臺的那一種。正式上課的那一天，我一走進教室，剛找到了我的座位，向右邊一轉頭，就發現那戴眼鏡的大白臉正坐在我旁邊的課椅上瞪著我。我趕緊再跟他笑一笑。

這一回，他回報了，微微掀起嘴角，滿含挑戰意味的，很不情願的笑了一笑，然後撕下一角筆記紙，低頭寫了兩行字，遞給他旁邊的一個活潑愉快的同伴。那同伴讀了那張字條，就放聲大笑，抬起頭來看我。我猜那字條上寫的，是一句嘲諷我的話，就很生氣。

老師就要到了，我不敢站起來找他們理論，所以也就撕下一張紙，用當時中學生流行的「字條體」，寫了一句：『何事如此可笑？』狠狠的遞給他。他讀了，冷笑一聲，馬上就寫了回條。我接過來一看，上面寫的竟是：『問君究係何方和尚，書法何醜陋乃爾？』我氣得熱血上湧，只差沒向他猛撲過去。

大概是我的憤怒使他十分滿意，所以這一回他真誠的笑了，不只是掀動嘴角，是用兩排整齊的白牙齒笑，連雙眼都充滿笑意。他又撕下一角紙，寫了幾個字，遞了過來，上面寫的是：『得罪得罪。老弟息怒。小兄這廂賠禮了。』

那時候老師已經進了教室。他雙手合十，放在自己的大腿上，在桌下悄悄的向我拜了拜。我不得不承認他已經制伏了我。他先激怒我，然後又慷慨的賠不是，使我的臉色由白變紅，由紅轉白。這個愛開玩笑的傢伙！我不只是原諒了他，而且還佩服他。他那兩張字條上的字，秀美得像「王羲之」，不知道他是怎麼練出來的。

下課以後，他走了過來，把他的筆記簿的封面讓我看看，算是向我報了他的姓名。他的名字叫「漢傑」。看了他的名字，我就想起張良、蕭何、韓信，想起了劉邦。我也伸手去拿我的筆記簿。他按住我的手說：『不用看。你來註冊的那一天，我已經知道了。』然後他說：『去散散步吧！』

在校園裡，我還很介意他對我的書法的批評，就說：『我的字太難看了。』他很誠懇的回答說：『確實太難看了。你應該下點兒工夫練練。』這一回他並不開玩笑。

我很喜歡他的不虛偽，就說：『白面書生，你是舊生吧？』

『什麼？』他很驚訝的說。

我趕緊再重複一次：『我說你是不是舊生？』

『你喊我什麼？』他認真的問。

『白面書生。』我有點兒抱歉的回答他。

『妙！』他哈哈大笑。『那也是我肚子裡給你取的綽號兒！』

我們兩個人都笑得很開心。他無意中又顯露了他的學問，說：『那麼我就喊你「玉面書生」好了。』我實在佩服他。

我跟白面書生認識以後，兩個人很快就成了知心朋友。後來他又把上課時候經常跟他傳遞字條談天的那個好朋友也介紹給我，三個人就成了班上同學嘴裡的「三人行」。我的歡樂的中學時代，其實也就是一篇難忘的「三人行」故事。

白面書生放學回家跟我同路。寂靜乾淨的鼓浪嶼小街道上有世界書局跟開明書店的小分店。黃家渡有無數的舊書攤。另外，在一個蓋滿了古老住宅的山坡上，在那全是石階，兩邊圍牆裡都有大榕樹的窄巷中，還有一個小型的私人捐獻的公眾圖書館。每天下午三點多鐘放學，我跟白面書生都要結伴到那些地方去走走，去翻翻書。我很驚訝的發現白面書生的淵博。他常常抓起這本書那本書，輕輕的跟我說：『這一本你應該看看，很有味道！』

他指的竟是梁啟超的《飲冰室文集》、胡適的《詞選》、果戈里的《死魂靈》中譯本、歌德的《浮士德》中譯本，甚至還有《紅樓夢》跟《西廂記》。我大吃一驚。我那時候的閱讀，還沒脫離純正的兒童讀物的範圍。我讀的是狄福的《魯賓遜漂流記》中譯本、金斯萊的《水孩》中譯本，剛剛開始閱讀蔡東藩的《歷朝通俗演義》的〈前漢〉部分。我覺得自己已經很博學了，但是跟他相比，竟覺得自己矮了半截。

白面書生的家，也是為了逃避戰火，由廈門搬到鼓浪嶼來暫住的。我帶他到我家裡去過。父親對他的印象是：『這個孩子智力很高。』可是白面書生從來不允許我到他家裡去。我問過他：『你到底住在哪裡？』

他總是回答說：『在陋巷。』

有一天，我堅持要到他家裡去。他這才勉強同意說：『我家裡很臭，你不在意吧？』

『怎麼個臭法？』我問。

『到了那兒，你就知道了。』他說。

我跟他走進一條窄小陰溼的巷子，來到了一座黑黑的住宅的大門前。『你跟我來。』他說著，在前頭領路。院子裡溼漉漉的，地上都是水。一個一個的竹籠裡，關著雞鴨。雞的閣閣，鴨的嘎嘎，鬧成一片。我果然聞到一陣陣不好聞的氣味。他帶我走上一座木梯，到了閣樓上，這才笑著說：『這是我住的地方。』

那閣樓也是黑黑的，有一張黑黑的竹床，一張黑黑的書桌，一把破籐椅。窗戶上掉了兩塊玻璃，釘的是木板。書桌上堆了三堆書塔。書桌旁邊的破書櫃裡有滿櫃的書。另外還有一張破舊的方桌，桌上是一座書山。我吃驚的說：『這些書都是你的啊？』

他笑著點點頭說：『你聞到那氣味沒有？我父親做的是雞鴨生意。我從小就聞慣了。我怕你聞不慣，所以不敢讓你來。』

我笑著說：『我父親從前製造化妝品。我們家裡的氣味最受歡迎。』

『這氣味你受得了受不了？受不了我們就到街上去散步。』他說。

『沒問題。』我說。我實在捨不得離開他的書屋。

在我們同學的那幾年裡，他的書屋成為我常去的地方。兩個好朋友，一人手裡拿著一本書，三四個鐘頭不說一句話。只有聽到樓下忽然雞狂叫，鴨狂叫，才抬起頭互相笑了一笑。那情景，是一輩子也忘不了的。他是獨子，在家裡很受寵。因為我是他的好朋友，所以我也受寵了。有時候我留在他家裡吃飯，慈祥的伯母就會把飯端到樓上來讓我們兩個人一起吃。當然，每次吃的，不是雞就是鴨。

伯母懂得很多雞鴨的食譜。她看見我瘦，常常勸我說：『叫你母親燉碗雞湯給你吃吃。』又挽起她兒子的衣袖，讓我看那肥胖的胳臂，說：『你這好朋友就是從小喝雞湯長大的。』

我們全家逃難到內地去的那一年，我跟白面書生都可以算是青年人了。他到黃家渡碼頭來送行。我們拉著手，但是都不知道該怎麼說才好。行李已經搬上舢舨，父親、母親也都上了船，催我快走。我們都覺得應該說些話，但喪氣的話又都不願意說。

最後，還是他先咬一咬嘴唇，說：『你的書法太糟，你的文章也太糟！』

我也壓抑著真情，咬咬嘴唇說：『你家裡雞太吵人，鴨子也太吵人。』說完，回身一跳，跳上剛離開了碼頭的舢舨。

白面書生追上兩步，在海港的大風中舉起了右手，帶著哭聲，迎風高呼：『順風！』

我回過頭去，看見大風吹動他那條有名的、寬鬆的中裝長褲，啪啦啪啦的響。

我也舉起了右手，想高呼一聲：『白面書生！』但是忽然氣結，喊不出來。

那一年，兩個好朋友就是這樣分手的。

矮腳虎

最起初，我並不喜歡他臉上帶著充滿自信的微笑向我走過來的樣子。我有意躲開他。他走到半路上，我已經轉身走了。最奇怪的是，他並不為這種事覺得失意，臉上也沒有一絲不愉快的表情。我見過一個小男孩伸手去捉落在花上的蝴蝶，他的手快挨著蝴蝶翅膀的時候，蝴蝶早就準備好了似的一下子飛走了。那小男孩仍然笑咪咪的，繼續去捉蝴蝶，一點兒也沒有失意的樣子。他，這個想跟我接近的初中二年級同學，臉上的表情就跟捉蝴蝶的男孩子完全一樣。

在這個學校裡，我是初中二年級的插班生。他也是。我有心躲開他，是因為他的臉很大很大，我看著有點兒害怕。他的眼睛很小，好像老是睜不開的樣子。他的眼睛跟他的臉的大小比例，就像鯨魚的眼睛跟鯨魚的巨大的頭的比例一樣：最小對最大。

他的下巴頦兒向前上方翹起。廈門方言裡，把那種下巴頦兒叫「奏板」，把那種相貌叫「戽斗」。

《水滸傳》裡的「王英」，是一個五短身材的好漢，外號兒叫矮腳虎。我第一次見到他，也在心裡喊他矮腳虎。其實他姓黃不姓王，名字叫「雄」不叫「英」。初中二年級的學生只會欣賞英俊秀美的人物，不懂得欣賞渾厚誠摯的靈魂。對初中二年級的學生來說，「優美的靈魂寓於優美的身體」是絕對的真理。我希望我不是他的朋友，我也希望他並不希望做我的朋友，可是事實正好相反。

一天下午三點多鐘，學校放學，班上的足球代表隊要練球，我不必運動，所以就提早回家。每天回家，我總是走一定的路，很少改變。我像火車，走的是鋪設在學校跟我家中間的鐵軌。我感覺得到有人跟隨，向左肩的下方一看，是矮矮的矮腳虎。

『回家？』他平靜自在的說。

『回家。』我不大情願的回答了一聲，覺得他不該那樣的平靜自在。他怎麼知道我一定會理他？

『去散散步！』他說。

『由這邊走！』他說。

『你平日看些什麼書？』他問。

他的態度是很誠懇的，聲音是充滿了自信的，提出來的問題卻是我認為不大有禮貌的。

『你平日看些什麼書？』我這樣反問他，是必然的。

『詩、散文、小說跟理論的書。』他的回答很使我吃驚。如果是我回答他的問題，我的答覆就只能是：『商務印書館的《少年百科全書》、《福爾摩斯探案》、《魯賓遜漂流記》。』

『詩、散文、小說跟理論的書，好大的口氣！』我心裡說。

『今天上哪兒？』他又問。

『什麼上哪兒？』我不懂。

『上「日光岩」去吧！』他說。

「日光岩」是鼓浪嶼的名勝，那是應該在一個假日，跟家裡的人穿著假日服裝去遊覽的。哪裡是放學的時候說去就去，隨隨便便就去逛逛的？但是我還是跟著他走，把一個名勝當作熟悉的街道那樣的逛著。我們一直走到山頂的「水操臺」，那是鄭成功檢閱他的帆船艦隊的檢閱臺。

『暮色裡，歸鴉點點……』他站在水操臺上，舉起雙臂，做出「迎風」的美妙姿勢，很快樂的唱起歌來。不過我要說，他的歌聲是悲涼的。然後，他滔滔不絕的把他的生活告訴我。他一個人是什麼地方都去的。每天下午放學，他單獨的去逛一個地方。鼓浪嶼島上的每一個角落他都單獨去過。他一向是一個人散步，一個人看風景，一直到天黑了才回家。

我漸漸對他有了好感。我知道他是在那兒向我吐露他的內心。用我現在的話來說：他的靈魂希望跟我的靈魂交朋友。我的靈魂從來沒像那樣的跟別人的靈魂接觸過。我完全忘了他不是一個英俊秀美的人，我只覺得我的靈魂已經接受了他的靈魂的友誼。從此以後，我完全忘了他的不英俊秀美。他的相貌軀體的美醜，對我已經沒有意義。我交上了一個好朋友。

如果沒有他，鼓浪嶼有許多地方我是一輩子也不會去的。那時候，鼓浪嶼的人口很少，幾乎到處都是靜悄悄的，一個人影兒也沒有。世界人口是不斷增加的，每一個人都會感覺到現在的地球比他出生的時候擠。那時候，每一處寂靜的海灘、懸崖、樹林、亂草岡，用現代的通俗散文的寫法，「都印上了我們的腳印」。如果沒有他做伴兒，有許多地方我是永遠不敢去的。

後來，我也帶二弟到我跟矮腳虎逛過的地方去逛過。我像逛熟悉的街道，二弟的心情緊張像是在探險。他常常向我表示，他很佩服我的膽量。

矮腳虎身體的重心離地面比我近得多，所以不容易跌跤。他的腿又短又有力，很會跳，能夠跳過斷崖，能夠從這塊大石頭跳到那塊大石頭，像荒野裡的一隻豹。

他跟我一樣，都是「陸地上的動物」，游泳都不大行；但是我們常爬到離海岸很遠的一塊叫作「印子石」的四四方方的大石頭上去談天，看雲，總要等到漲潮，斷了歸路，才從一塊大石頭跳到另外一塊大石頭，一塊一塊的挨著順序跳回岸上來。

我膽子小，但是為了回到岸上來，不得不跟著他，硬著頭皮，在澎湃的海濤聲中，在泡沫四濺的浪花間，跳回岸上來。不久，我也學會了一身本領，最擅長從高處跳落實地，伸開雙臂緩和下降的速度，在適當的時刻彎腿化解落地的衝力，像一隻飛鼠。我也跟他學會了扔石頭子兒，戴上眼鏡，能夠在十幾丈以外連扔三次打中同一根電線杆。我的武功，都是他傳授的。

他的鋼筆字很端正秀氣，我們都叫它「柳公權的鋼筆字」。他不大熟悉部首檢字法，擅長的是四角號碼。他有自己的一套讀書方法。為了學會標點符號的正確用法，他拿起一部小說來，一個標點符號一個標點符號的往下研究，看完整本小說，他的標點符號也學會了。

他讀英文用的是趙元任先生所提倡的方法，拿起課本來，模仿英國人的腔調，不管懂不懂，哩哩囉囉的，像煞有介事的往下念，念得好像他早已經懂了似的。果然，他的英文成績比旁人好得多。他說這叫「裝模作樣法」，非常有效。嘴唇皮磨夠了，英文自然會有進步，他說。

他有美國滑稽影星「丹尼凱」的那套本領，會說一套「假英語」，有聲有色，抑揚頓挫，簡直跟真的一樣。高一那年，他竟報名參加英語講演比賽，在臺上忘了詞兒，就用「假英語」滔滔不絕的說下去，同學都笑疼了肚子。最後，評判老師不得不請他下臺。不過，老師並沒生氣，告訴在場的同學說，「這也是一種有益的練習」。

那時候，我們正在讀曹丕的《典論．論文》。有一個淘氣的同學說矮腳虎的英語講演是「文以氣為主」，氣勢很足。

我們全家離開鼓浪嶼，逃難到內地去的前一天，我到矮腳虎的家去了一趟，跟他告別。他又陪我散步到日光岩，兩個人在大石頭上跳來跳去，盡情的玩到天黑。我陪他回到他家的門口，向他告辭。他沉默起來，臉色黯淡，低著頭。我也不知道我應該說些什麼話，就轉過身，準備悄悄走開。

他忽然伸過手來，緊緊的握住我的手，很難過的說：『明天我不去送你！』轉過身去，跑進大門，用力的把門關上。

第二天早上，到碼頭上去送行的，只有我的另外一個好朋友「白面書生」。兩個人為了話別，舢舨離開碼頭很遠了，父母親大聲喊我，我才知道。我跑到碼頭邊緣，毫不猶豫的向海裡縱身一跳。母親失聲驚呼，但是我伸開雙臂，像一隻飛鼠，輕輕的跳落在舢舨上。這身手，就是矮腳虎傳授給我的。

黃老師

我在廈門大同小學高年級讀書的時候，正好輪到黃老師當我們的級任，教我們國語和數學。

小學生是很敬愛級任老師的，擁護級任老師像家族裡子弟擁護自己的族長。我們早在讀中年級的時候，就已經推敲學校的慣例，計算著哪一位老師會當我們的級任。

小學生也有小學生的虛榮，總盼望自己的級任老師是名氣大的老師，總認為由名氣大的老師當級任，是一件很神氣的事。我們猜測，未來的級任老師是書法第一的葉老師，還是會畫油畫、會拉小提琴的林老師。我們熱切的期待著開學，想像著未來的做書法家的門徒或者藝術家的門徒的快樂日子。可是註冊的日子到了，我們的級任老師竟是黃老師。

黃老師是謙和的人，在學校裡不是很有名氣的。他過去並不擔任高年級的課，我們也從沒想到會是由他來當我們的級任。我們不能說心中完全沒有一絲失望的感覺，但是那不該有的感覺即刻就被一種敬愛老師的心情所代替：我們已經是黃老師的學生，就應該「像」黃老師的學生，不該再去想書法、油畫、小提琴的事情。

開學以後，同學年的同學與高采烈的談論著他們的新級任。葉老師的學生談論的是葉老師宿舍牆上掛的一幅一幅的字，彷彿他們現在都已經是運用毛筆的能手。林老師的學生談論的是林老師宿舍牆上掛的大幅油畫，以及放在櫃頂上的小提琴。他們不停的提到色彩、顏料、書架，嘴裡不知不覺的哼著西洋歌曲的曲調。只有我們這一班同學是沉默的。我們只知道一件事，就是應該全心全意的去愛我們的黃老師。

黃老師身材矮小，衣著樸實，不像葉老師那麼魁梧，也不像林老師那麼英俊瀟灑，但是我們認為這是不重要的，重要的是黃老師是我們的級任。第一天上課，黃老師走進教室，我們全班不自覺的恭恭敬敬的站了起來歡迎。我們心中並不存什麼非分的期待，例如期待發現黃老師的什麼隱藏的特長。我們只是覺得敬愛自己的級任老師是應該的。

黃老師淡淡的一笑。我們發現他是嚴肅的人。他開口說話，我們發現他不是口才很好的人。他給我們的印象是樸實，極端的樸實。他不像別的老師在第一天向學生介紹自己的為人，自己的教法，自己對學生的要求等等。他打開課本，很誠懇的教起書來，除了課文的內容，幾乎沒有一句題外話。我們安靜的聽著，並不期待什麼開學第一天的興奮。我們覺得彷彿已經開學一個月、兩個月似的，一切都進入了軌道。

下課的時候，我們不像別班學生那樣興奮的談論著他們的新級任。我們很安適自在的走進操場，做起遊戲來，並不特別覺得那是一個開學日。這奇特的感覺，給我們很深刻的印象。有一天，我忽然領悟到一件事，就是黃老師有一種能力，能即刻使學生進入學習的情況，對眼前的功課關心，安適自在，不再胡思亂想。

那一學期，我的功課比以前進步得多，而且有學習的自覺。我發現我很自然的比從前關心功課，而且很自然的會去思考一些課本裡的問題。我上學的心境變了，變得有上學的自覺，而且培養了小學者的自尊心，不像從前那樣的心猿意馬，不知道自己整天做的是什麼。

我跟我最好的同學說：『你覺得黃老師有什麼特別的地方嗎？』

同學對我會心的笑了一笑，說：『有。他能使我們愛讀書。』

有一天作文課下課以後，黃老師喊住了包括我在內的三個學生，要我們到他住宿的房間去一趟。我們跟在他背後，向從前一直想進去卻不敢進去的房間走去。一打開門，除了一張床跟一張書桌以外，我們看到的是四牆的書！我們都在心裡發出驚呼。

黃老師在書架上抽出三本書，給我們一人一本。我得到的一本是中文版的《愛的教育》。他像平日那樣平靜的說：『你們三個都對寫作有興趣，可以利用功課不忙的時間看看文學讀物。這本書看完了，隨時來找我，我幫你們選合適的書看。』停了一停，又說：『運動也很重要，運動使身體活潑。身體有多活潑，思想也跟著有多活潑。』

關於後面這句話，我們心中都起疑。我們從來沒在跑道上或者球場上見過穿短褲的黃老師。他喜歡的是什麼運動？他也會是一個喜歡運動的人嗎？

我們跟黃老師慢慢熟悉以後，去他房間的次數多了，也敢挨近他身邊站著談話了，這才注意到他玻璃墊下壓著許多照片。其中最使我們驚訝的一張，是穿著溼漉漉的泳裝正在領受獎牌的黃老師的照片！原來黃老師喜歡的運動是游泳，而且是一位出色的選手。

我們一直把某一種小學生的自卑埋藏在心底，不敢去揭露它。我們一直守著學生的本分，尊敬我們的級任老師。但是在我們看到照片的那一天，我們心中的火山爆發了，自豪的岩漿湧流出來，融化了一向的自卑。我們幾乎忘了告別的禮節，跑出了黃老師的房間，衝進了我們的教室。

不久，黃老師也成為學校裡一位名氣很大的老師了。中年級各班級都流傳著關於黃老師的美談。黃老師是一位有學問的老師，讀書破萬卷，房間裡有一座藏書比學校小圖書室還多的書城。黃老師是一位游泳健將，一位出色的選手，曾經在游泳池旁邊領受過獎牌。中年級的學生都癡癡的盼望著，推測著：書法家、畫家、大學者，誰會是他們的級任。自然，這種三國鼎立的形勢，是我們這一批敬愛黃老師的小麻雀們，在快樂的時候嘰嘰喳喳失口說出去的讚美詞所造成的。

泰禮先生

泰禮先生說話有很重的蘇格蘭腔調。聽慣倫敦口音的同學，最喜歡在下課的時候聚集在走廊上，模仿他的口音，學他的儀態，大家鬧著玩兒。他那口音，只能用「濃重」兩個字來形容。它代表一種樸實、固執、強硬的民族性格。

我的中學時代，就是在這個英國教會辦的學校裡度過的。那個時候，泰禮先生是校長。他的姓名是「羅勃・泰禮」。他抽菸斗，渾身是菸絲的香氣。我們把那種聞起來很香的菸絲香氣，叫作「蘇格蘭香氣」。只要聞到那香氣，不用回頭，我們就知道泰禮先生到了。

他菸癮很大，通常是叼著冒煙的菸斗走進教室，在教課過程中兩次往菸袋鍋裡裝菸絲，下課鈴響過以後，還要再裝一次，然後叼著菸斗離開教室。他擔任的課是「英文選讀」。這門功課，依我們學生的說法，就叫「聞英國菸絲」的課。

他長得非常高大，留著卓別林或者希特勒式的鬍子。那鬍子帶著點兒紅色，所以他的外號跟中國關外的馬賊相同，也叫「紅鬍子」。這位蘇格蘭老師很喜歡穿蘇格蘭格子呢的西服上身，西服褲是另外一種顏色，素的，沒有格子的。他幾乎從來不穿上下身同一種質料的整套西服。我最羨慕的是他的襪子，那是質料很好的羊毛襪子。

蘇格蘭人有一種特殊的氣質，那就是方方正正，不喜歡圓滑。我那時候不大懂得英國國內的事情，但是我知道英格蘭人喜歡拿蘇格蘭人來開玩笑，笑蘇格蘭人小氣、吝嗇。有一個笑話，說有一個喝醉了酒的蘇格蘭人，提著一瓶酒，摔了一跤，躺在地上爬不起來。他覺得小腿上一片溼，趕快伸手去摸一摸，放在眼前一看，是血。這蘇格蘭人笑了，欣慰的說：『天哪，幸虧不是那瓶酒！』

蘇格蘭多山，多石頭，土地貧瘠，居民大半靠放羊過生活。他們因為日子過得不容易，所以格外的省儉，這倒是真的。英國人已經夠嚴肅了，蘇格蘭人更是「嚴肅裡的嚴肅」。蘇格蘭人的民族性很強，特別重視自己的傳統，蘇格蘭男人是文明世界裡唯一穿裙子的男人。蘇格蘭部隊的風笛樂隊，永遠不被現代軍樂隊所同化。換句話說，蘇格蘭人不是很隨和的。一個蘇格蘭人，特別重視別人對他的尊敬。

其實蘇格蘭人並不壞，他們對人類文化也很有貢獻。哲學家「大衛・休姆」、經濟學家「亞當・司密」、詩人「羅勃・柏恩斯」、小說家「瓦脫・司各特」、兒童文學作家「詹姆斯・巴力」，都是出色的蘇格蘭人。

泰禮先生在學校裡有一件事出了名，就是上課時候允許學生出去小便。學生只要舉一舉手，用英語說：『老師，我可以出去一下嗎？』他就會和氣的點頭，做一個「出去吧」的手勢。許多淘氣的學生，就利用他的好商量，上課的時候舉手說一句：『我可以出去一下嗎？』然後溜到走廊上去透透氣再回來。

為了享受這個權利，我也老早的學會了說一句：『溜，妹哀狗澳？』然後溜到寂靜的校園裡去走一圈，再回到教室裡來聽課。每次我這樣做，全班同學就會轉過頭來，用羨慕的眼光目送我走出教室，把我看成英雄。

下課的時候，只要下一節課是泰禮先生的「英文選讀」，同學就都只顧玩兒，並不急著上廁所。『等上課再去「小」吧。』他們總是這樣說。泰禮先生有時候也會發出疑問：『上課以前為什麼不去？』因此我們還得學好另外一句英語，用「過去式」說：『那裡很擠！』泰禮先生聽了，就會表示同情，對「他的學校」的設備不完善，表示歉意。

泰禮先生替我們選的讀物是英譯本《托爾斯泰短篇小說選集》。他的教法是先照書念一句，然後再用很淺很淺的英語反覆解釋。

例如書裡有一句話：『你是幹什麼的？』泰禮先生把那句話念一遍，然後說：『這句問話，是店主人對住店的旅客說的。店主人問旅客：「你是幹什麼的？」這就是說：「你的職業是什麼？」「你是做什麼事情過日子的？」「你是做什麼事賺錢的？」也就是：「你怎麼會有錢？」也就是：「你的錢是哪兒來的？」你們明白我的意思嗎？我說得夠清楚嗎？』

泰禮先生不會說中國話。他的英語，同學又不能完全聽懂。大家都覺得聽他的課沒有味道。街上書店裡已經有《托爾斯泰短篇小說選集》的中文譯本，所以許多同學都去買來跟英文對照著看，上課的時候就把中文本擺在英文本旁邊作參考。

托爾斯泰的短篇小說都含有「勸善的目的」，他的藝術是用來教導人向善的。不過他安排情節很有技巧，文筆又很生動，所以同學看中文本很容易入迷。泰禮先生的語聲一停，教室裡一片寂靜，學生都全神貫注的讀起翻譯小說來了。

泰禮先生發現這個祕密，非常惱火。我們的教室在二樓，窗外就是校園。泰禮先生一聲不響的走下講臺，沿著課桌中間的通路走過來，抓起我們的中文譯本，一本一本往窗外扔。我們都嚇一大跳，愣在那裡，完全失去了保護私有財產的警覺，由他把我們的翻譯小說全部扔完。

他氣得滿臉通紅，教訓我們說：『如果你們再做這樣的事，你們將永遠學不會說英語，學不會讀英文書！』

蘇格蘭紳士的暴怒，把我們嚇一大跳。有些聽不懂「憤怒的英語」的同學，就用中國話向鄰座請教起來。

『紅鬍子說什麼？』

『他說我們看中文譯本就學不好英文。』

『他扔我們的書做什麼？』

『他生氣啦！』

『書是我們花錢買的。我們應該去向校長抗議！』

『你忘了？他就是校長。』

泰禮先生發過脾氣以後，情緒慢慢平復，這才又開口說：『對不起，我對我剛剛做過的事覺得很抱歉。大家下課以後，可以先把書撿回來。我很抱歉，我是為大家好，我們繼續上課吧！』

下課以後，泰禮先生也不點菸斗，搶先下樓去了。我們跟在他背後，急著下樓到校園裡撿書。泰禮先生並沒有直接回到教員休息室去。他也走進校園，彎腰幫著撿書，交給我們。去接書的同學，都順口跟他說一聲：『謝謝老師！』

『沒什麼。』他也很正經的回答我們這些中國孩子。

這件事情發生以後，我對泰禮先生有點反感了。『蘇格蘭人就是蘇格蘭人！』我說。

泰禮先生有心要彌補這次師生間情感上的裂痕。有一次小考，成績評定以後，他特地帶來一本精裝本的《英國短篇小說選》，送給成績最好的同學，並且還勉勵那個同學幾句話。他是一位好老師，不過畢竟是「發過脾氣」的，我們當初對他的那種天真無邪的好感已經一去不回。他對待我們更親切了，只差沒說：『從此以後，我再也不對你們發脾氣了。你們可以信任我。』

一張撕破了的圖畫，不管再怎麼把它黏好，總不會再是原來的樣子。

半年以後，學校舉行運動會，老師們有拔河的節目。比賽開始不久，泰禮先生這一隊就動搖了陣腳，慢慢的支持不住。後來，對方那一隊吶喊一聲，同心合力，就把泰禮先生這一隊拉過了中線。別的老師一看大勢去了，都紛紛撒手，只有泰禮先生緊抓住繩子不放。對方人多力大，一下子就把泰禮先生拉倒在地上。但是泰禮先生仍然用雙肘，用皮鞋尖兒，抵住地面，繼續支撐，不肯放棄。對方只好再吶喊一聲，硬把整個身子趴在地上的泰禮先生拖進他們的白線裡去，泰禮先生這才在大家的笑聲中撒了手，站起來，很認真的說：『你們贏了！』

運動場邊的同學都歡呼起來，給泰禮先生鼓掌。那時候我也在場邊，覺得胸中熱血湧上來，對泰禮先生懷著從來沒有過的敬意，心中的那點不滿已經消失得無影無蹤了。

泰禮先生渾身都是土。他的那套西服毀了。他很認真的走過去跟勝隊的隊員握手。看著他那高大的身影，我受感動了。

『蘇格蘭人就是蘇格蘭人！』我在心裡讚美他。

安德遜先生

他生下來就是一個畸形兒，有一個很大的臀部。從正面看，他有一個很短的上身，給人一個緊挨著胸部下面就長出大腿來的印象。從背後看，他的腰跟肩膀的距離很短，彷彿是一個沒有背的人。那時候，好萊塢已經把法國作家雨果的小說《巴黎聖母院》拍成黑白影片《鐘樓怪人》。我看完影片以後，忍不住拿他跟影片裡的鐘樓怪人相比，告訴我自己說：『安德遜先生是一個天使！』

雨果筆下那個巴黎聖母院的撞鐘人，「古牙西莫杜」，是又駝又聾而且瞎了一隻眼的畸形人，走路的樣子正是唐朝散文家柳宗元在〈種樹郭槖駝傳〉裡所描寫的「隆然伏行」。那撞鐘人有一個很大的頭，面貌醜得叫人看了害怕。別人幾乎把他當作一頭野獸，不認為他是同類。讀者都還記得，這個醜陋的撞鐘人的胸腔內，卻有一顆高貴善良的心。他可以為了救護一個女孩子，不怕犧牲自己的生命。

安德遜先生走路也是「隆然伏行」的，不過他隆起的是一個很大的臀部，不是背部。那臀部幾乎代替了背部。他跟醜陋的撞鐘人一樣，也有一顆善良的心，可是他的形相並不像一頭野獸，反而很像一個賢人，一個超過凡俗的得道的人。他像十八尊羅漢雕像裡的一個，儘管身體各部分的比例是古怪的，可是卻帶著佛性。

安德遜先生的皮膚是美好的英格蘭人的皮膚，白裡透紅，放射出潔淨的光彩。他很會配合皮膚的長處來打扮自己。除了皮鞋是乾乾淨淨的黑皮鞋以外，他穿淺色的襪子，淺色的西裝。他人走到哪裡，那個地方就彷彿有一道白光。他在我們學校裡最乾淨敞亮的圖書館新建的大閱覽廳出現的時候，我會覺得圖書館應該整個兒再用清水洗一洗，才能夠跟他的乾淨外表相配。要是有一個護士站在他身邊，我一定會以為護士穿的制服是黃色的，或者是灰色的。

他相貌美好，下巴豐滿，嘴唇又薄又軟。開口說話的時候，他分開兩片嘴唇像分開兩片質地最細緻的柔軟的緞子。我弟弟為了形容這一點，有一次跟我說：『就像我們用手分開兩張貼在一起的春捲皮。』

他眼睛很大，耳朵是薄薄小小的，頭髮是金色的，從側面看去，完全像一位女性。最動人的是他的眼神。他看你的時候，眼波澄澈像嬰兒，可是又充滿善意、同情跟了解，能化解你心中的惡意跟鄙俗念頭，使你對他信任，不再猜忌。

安德遜先生不是我的英文老師，他教的是我弟弟那一班。他教英文，並不單靠他那地道的英語發音。他學識豐富，懂得英語教學，學生尊敬他，完全是因為他那給人深刻印象的教學方法。實際上他嘴裡所說的英語，並不是那含混不清的倫敦英語。他說的是一種淨化了的英語，每一句話都是可以用英國語音學家「丹尼爾．鍾斯」的音標清清楚楚的標注出來的。

他的英語是慢速度的，有「字」的，適合中國學生聽的，清晰、正確，完全標準化了的。我弟弟在他班上學了三年，很高興的跟我說：『學會了聽他清清楚楚的英語，再聽別的外國人說的含混不清的英語，心裡就不那麼怕了。』

有一次我在他的教室外偷偷聽他講課，覺得就像在清水裡找魚，一條是一條，清楚極了，心中也舒服極了。聽別的英國老師說英語，就像在混水裡找魚，影影綽綽的弄不清到底魚在哪裡。我跟弟弟說：『你運氣好。安德遜先生的英語是說給別人聽的，別的英國老師的英語是說給他自己聽的。』

我認識安德遜先生，完全由於我弟弟的指引，那時候我念高一，弟弟念初三。有一次下課，我們哥兒倆站在圖書館二樓樓頂兒上的瞭望臺談話。弟弟伸手向前方指一指說：『安德遜先生來了！』

我順著弟弟所指示的方向看過去，看見學校裡種滿了花的山坡上，有一個淡黃色的大球，在花叢中慢慢的向山坡下移動。

我那時候有二百五十度的近視，雖然戴著眼鏡，還是看不真切，就說：『那是什麼？』

『安德遜先生。』弟弟說。

我大吃一驚，說：『他的身體……？』

弟弟很無所謂的說：『那不算什麼。』

我心裡忽然有個衝動，想走近一點去看個究竟，就奔下樓梯，向山坡上跑去。弟弟要攔阻也來不及了。

我一口氣跑到安德遜先生的跟前，忽然覺得我被一團光華所罩住。我覺得我的一身學生制服很髒，我的手腳也很髒。我一抬頭，跟他的目光相遇。他笑咪咪的看著我，眼中含著善意，含著鼓勵，彷彿把我提升到一個惹人愛的小朋友的地位。我為我的好奇心覺得慚愧。我很放心的，也跟他笑一笑。

『還有五分鐘。』他親切的說，意思是指快上課了。

『是，老師！』我趕緊用標準的學生應答語回答他。

他左手抱著幾本書，右手閒著，所以就很親切的伸過來輕輕扶著我的肩膀。就這樣兒，我們兩個人高高興興的走下種滿了花的山坡。那山坡頂上一座兩層的紅磚洋房，就是他的住宅。學校背後的山坡上有好幾座漂亮的紅磚洋房，都是英國老師的宿舍。

我跟他認識以後不久，就聽說他太太剛生下他們家的第一個孩子，是一個漂亮的小男孩兒。我問弟弟是不是真的。

弟弟說：『是真的。那一天，我們全班練習說「恭喜你，安德遜先生」，練習了好幾遍。他來上課的時候，我們全班一起站起來，齊聲說：「恭喜你，安德遜先生！」他聽了，先是吃了一驚，後來就笑了，不停的跟我們道謝。他還說，我們中國小孩子是他生平所遇到的最可愛的孩子。』

我記在心裡，第二天一早就到山坡下去等他。一會兒，他笑咪咪的，左手抱著幾本書來了。我趕緊站在小徑當中，跟他笑。

他看到了我，就笑著先開口說：『早安！』

我把預備好的話說出來：『恭喜你，安德遜先生！』

他很驚異的歪頭看了我一會兒，然後爽朗的笑了起來，說：『謝謝，謝謝，謝謝，你是怎麼知道這個消息的？』他伸出閒著的右手，輕輕的扶著我的肩膀。我們又像上一回一樣，一起高高興興的走下種滿了花的山坡。

我當時並不知道我為什麼會認為我應該去向他道賀，而且有勇氣用英語向他道賀。可是我現在懂了。我當時道賀的，實在並不是他太太為他生下了一個兒子這件事。我道賀的是他的勝利，他的雙重的勝利。

我道賀他雖然是一個畸形人，卻能夠得到太太的敬愛，而且我相信他將來也能得到兒子的敬愛。

我道賀他雖然是一個畸形人，卻能夠使我敬愛他，而且能夠鼓勵我，使我不自卑，不羞怯，化解我卑鄙的戲弄他的念頭，使我學會了對任何一個人都心存虔敬。我的不高尚的畸形心理，是受到一個畸形人的感化才正常起來的。

人要是能夠真正的彼此相愛，連畸形的缺陷跟痛苦都是可以克服的。我感到驚訝的是：能證明這件事的人，卻是一個身上背著畸形缺陷的重擔的人。

陳字典

上初中二的那年夏天，學期結束，舉行畢業典禮，我最愛看大禮堂舞臺上那一臺「黑色的舞蹈」的戲。所有我們平日所尊敬的老師，那一天忽然全體穿上黑色的學士袍，戴上黑色帶穗兒的方帽。每一件黑袍的衣領都有自己的一種顏色的滾邊，有紅的，有白的，有紫的，因此，每一件黑袍看起來都像一隻美麗的大鳳蝶。

滿臺的鳳蝶真是一種奇觀。同學就把那一場鳳蝶舞叫作「黑色的舞蹈」。更使人心動的是，平日嚴肅的老師，穿上了學士袍以後，一下子好像又回到了二十二、三歲的年代，臉上又恢復了英氣，每一個人的眉梢好像都微微向上揚起。那些學士服裡最引人注目的是上海聖約翰大學的，因為穿那種黑袍的都是學校裡出色的英文老師。

我是初中二才轉到這個學校的，所以算是沒有什麼見識的新生。蘇格蘭籍的校長，穿著他那愛丁堡大學的學士袍說過話以後，就輪到穿聖約翰大學的學士袍的中國籍副校長用國語說話。那時候，我注意到已經在舞臺後邊兩排椅子上落坐的大鳳蝶群裡，好像有一隻藏青色的小蝴蝶。他不穿學士袍，只穿一套藏青色的西服，坐在一群穿著寬鬆的黑袍人中間，顯得軀體特別小，特別像一隻小蝴蝶。

我悄悄從制服口袋裡掏出二百五十度的近視眼鏡來戴上，想看看他的臉。我猜想他氣色一定非常暗淡，臉上一定有沮喪的表情。我不明白學校為什麼一定要他也到臺上去。我也不明白為什麼他自己會願意跟其他的老師一起到臺上去。難道他會喜歡這種對他非常不利的對照？難道他完全不考慮學生看到這種對他不利的對照以後，會有一種對他不利的印象？

戴上眼鏡以後，眼睛一亮，我看到的卻是一張含笑的，安詳的臉。他跟那一大群鳳蝶坐在一起，並沒有侷促不安的表情。他的眉梢也微微揚起，雙眼有很動人的光彩。我還看到他身邊的一隻大鳳蝶，向他轉過臉去，低聲在他耳邊說了兩句話。他含笑，輕輕的點點頭，顯然他在那一大群鳳蝶裡是受尊重，受歡迎的人物。

我用胳膊肘兒輕輕碰碰旁邊同學的胸口，低聲說：『他是誰？』

『哪一個？』同學問。

『那個不穿黑袍的人。』我說。

『陳字典！』同學說。

『什麼字典？』

『韋伯斯特大字典。』他笑著低聲說。

我聽不懂。在那樣的環境裡，又不許我用太長的句子說話，那是會引起別人注意，受到干涉的。我只好又用短短的句子問：『他教什麼？』

『英文。』

『初中嗎？』我問。

『高中。』他說。

我們的談話始終沒有引起別人的注意。只有坐在我背後的那個班上最淘氣的同學，在我肩膀上拍了幾下，意思是「放規矩點兒」。我悄悄把眼鏡收起來，重新聚精會神的聽穿聖約翰大學學士袍的副校長說話。

散會以後，我在校園裡追上了那個坐在我旁邊的同學，問他說：『韋伯斯特大字典是什麼意思？』

他大笑說：『你不懂就算了。對不起，別纏住我，我跟別人有約會。』

舊生對新生一向是這樣的。沒有一個舊生會有耐性去教導一個新生。新生儘管發問，但是很難得到滿意的答覆。後來我自己成了舊生，也有這個脾氣。我所懂的許多事情，並不是容易得來的，所以也不肯輕易傳授給別人。

初中三我自己畢業的那一年，我已經學會了假裝不在乎的樣子，不靠發問，單靠耳朵，來探索這個學校的傳統。我看到我自己的畢業典禮，也看到「陳字典」又穿著藏青色西服跟一大群鳳蝶一起坐在臺上。我已經知道我升入高中部以後，教我們英文的就是「陳字典」。

我所知道的關於「陳字典」的故事也有了一些。這都不是問出來的。這都是聽來的。在中學裡，你只能「聽到」許多很有味道的事情，你永遠「問」不出任何東西來。

我聽說「陳字典」是一個永遠不帶英文字典的老師，因為他「認得所有的英文字兒」。我也聽說許多學生故意找幾個艱深的「長字」去考他，結果沒有一個能把他考倒。我還聽說蘇格蘭籍的校長有一次看不懂一個英文字，故意請教請教「陳字典」。「陳字典」把那個字解釋清楚以後，校長特意去翻翻字典，結果字典裡的解釋跟「陳字典」的解釋完全一樣。從此以後，校長見了「陳字典」，就會親熱的喊他一聲「韋伯斯特」。

升上高一以後，教我們英文的果然是「陳字典」。當然，「陳字典」只是他的外號兒，我們當面都是恭恭敬敬的喊他「陳老師」的。

陳老師個子矮小，比我們班上身材魁梧的高大學生矮小得多。他是一位有名氣的老師，班上那些大個子對他非常尊敬。他教課本，喜歡用英文解釋英文，學生都說他是「英解」的。遇到一個生字，他就拿起粉筆，篤篤篤篤的在黑板上寫下那個字的英文解釋。同學管這個叫「發電報」，指的是那篤篤篤的聲音。

他寫得很快。我們還抄不到三個字，他已經寫完一行，寫得很直，很整齊。

他念英文句子很清楚，一句是一句，特別重視每一個英文字在句子裡的文法作用。同學說這是「把句子裡的文法都念了出來」。我們學校裡有好幾位出色的英文老師，有的能學英格蘭跟蘇格蘭兩種腔調說話，有的能用顫音朗誦英國詩人雪萊的〈西風頌〉，但是沒有一個能念句子念得像他那麼清楚的。

他寫給我們的那些生字的英文解釋，在考試的時候，對我們是很重的負擔。我們幾乎天天要勻出一點時間來「背解釋」。可是大家都覺得那是上「好老師」的課應該付出的代價。上好老師的課，在中學裡，是一件很神氣的事。

我不懂得用功，對他有怨意。我常常問自己：『好老師到底有什麼好？上好老師的課簡直是受罪！』但是我在班上所聽到的卻是一片讚美聲。

有一次，我們正在念一篇翻譯成英文的保加利亞短篇小說。他忽然親切的跟我笑一笑，做手勢叫我站起來，念了一個英文生字，叫我說出英文解釋來。

我非常心慌，用國語回答說：『我不會。』他做手勢叫我坐下去，然後特地走到我的座位旁邊，拍拍我的肩膀說：『要懂得用功。』我低下頭，滿臉通紅。

下課以後，就有幾個同學圍過來，問我剛才陳字典跟我說些什麼。我又聽說，陳老師上課，除了講書以外，從來沒跟任何一個學生單獨說過一句題外的話。他是一個「話很少」的人。同學聽得最多的是有關他的故事，但是幾乎沒有人單獨跟他說過話。我使大家羨慕。

上高二那一年，我跟一個外號叫「矮腳虎」的同學特別接近。每天下午三點多鐘放學以後，我們常常一起到海灘上去散步。

有一次，矮腳虎對我嘆了一口氣說：『我要是能像他那樣就好了！』我問他：『誰？』

他告訴我，他說的就是陳字典。我知道我遇到一個對陳老師知道得相當多的人了，當然不肯放過。我存心打聽「韋伯斯特大字典」的祕密。矮腳虎是早已經把我當作知心朋友的了，所以他一點不跟我為難的把那個故事告訴了我。

矮腳虎的母親認識陳老師的母親。陳老師是我們學校的畢業生。高中畢業以後陳老師沒去考大學，卻發憤要把英文學好。他請求母親答應讓他在家用功三年，做好這件事。

起初，他念了幾本英文書，例如《天路歷程》、《格列佛遊記》、《艾狄生文報捃華》等等。後來，忽然起了一個念頭，決心要讀熟《韋伯斯特大字典》所收的英文單字。他把自己鎖在房間裡，每天苦讀十幾個小時。

剛開始，進度很慢，後來竟有了觸類旁通的能力，慢慢的「快」了起來。他用心專一，再也不走出房門。便盆是他每隔一兩天自己打開房門從門縫塞出去的，三餐是母親從窗外遞進來的。他如醉如癡的讀那最枯燥的字典竟讀出趣味來。母親為他擔心，也為他哭過。

他把大字典細讀一遍像一個最細心的校對，讀完一遍，又溫了一遍，然後進行對英文書的大量閱讀。

三年期滿，他走出房門，向母親請罪，答應此後要好好兒孝順老人家，贖他三年的罪過。這個故事傳到了母校，母校例外的聘用了這位沒有方帽戴的英文教師。

這就是「韋伯斯特大字典」這個典故的真正來源。

陳老師是一個話很少的人，但是他的「故事」卻最多。我離開母校的那一年，有一天，站在海灘附近的一塊大石頭上看海上的雲。我問我自己，到底我在樹多花多的母校學到了什麼。那個答案，竟是一個人影，那個人影，竟是陳老師，也就是同學嘴裡的那位親切的「陳字典」，那位雖然沒有黑色的學士袍，卻一樣也能站到臺上去的人。

卷四

想起那個島

修理鬧鐘

父親住在日本的時間很長，親眼看到工業社會對職業教育的重視，回到祖國以後，就一直找機會想在我們身上實施一種「謀生教育」。他看出我們兄妹三個有反抗的意思，就常常跟我們談起一種假想的情況。

他說：『如果有一天，我忽然離開了人間，你們兄妹三個有什麼本領可以養活自己，可以照顧媽媽跟小弟？』

父親身體健壯，思想活潑，精力充沛，勤奮不息。我們對父親時常提起的那種假想情況都不發生興趣。我們一致的答覆是：那種情況永遠不可能出現。

念高一的那一年，我在作文課寫了一篇〈讀杜甫詩有感〉，得到甲下。二弟念初中三年級，他的一幅炭筆素描得到甲，張貼在學校的成績欄。妹妹在女子中學初中部念一年級，已經被學校歌詠隊所吸收，天天在練習五線譜。我們對「謀生」更不發生興趣了。

父親開始對我們進行個別懇談。我不知道他怎麼說服二弟跟妹妹。他說服我的方法卻是要求我接受已經安排好了的既成事實。

『已經替你找到老師了，學費也送過去了，明天星期日上第一課，以後都是每星期日上課。老師明天就來，你要把自己的房間整理整理。』父親說。

我不得不問上的是什麼課。

『修理鐘錶。』父親說。『這個人是鐘錶店的學徒出身，後來自己也開了鐘錶行。現在退休在家抱孫子，鐘錶行歸他兒子經營。這個人對待人很誠懇，你要喊他李伯伯。』

第二天，我的老師到了。他是一位身材不高的長者，面容慈祥，穿一件咖啡色的乾淨長袍，腳上是一雙布鞋。他帶來一大包東西，打開一看，有一個大大的白搪瓷方盤，有一瓶洗滌零件的洗滌油，有一瓶滑潤機件的滑潤油，有鑷子，有鉗子，有小鎚子，有螺絲起子，還有三個生銹的破鬧鐘。

『這些工具都是你父親託我買的，歸你用。這三個破鬧鐘是從我兒子那兒拿來的，就算是我送給你的。』他說。

他告訴我修理鐘錶的人最容易弄髒一雙手，所以要先學會怎麼用汽油跟肥皂洗手。他給我一個破鬧鐘，自己面前也擺一個，然後叫我學他樣兒，依照一定的程序拆鬧鐘。他一邊拆一邊講解，告訴我每一個零件的名稱、作用跟位置。

這是我第一次走進鬧鐘裡的奇妙世界。從前我只留心鬧鐘的門面，那是一個靜止的世界，只有長針短針在那上面懶洋洋的散步。現在從鬧鐘的後門進入那個布滿機關的大房間，真是眼花心亂。

我的老師把那個機器看成一個雞籠。他掏出每一個零件就像是從雞籠裡抓出一隻雞。他跟我講解每一個零件的作用，就像是告訴我：『這一隻是來亨雞，很會挑嘴，容易得病。這一隻是土雞，什麼都吃，好養。』

他講得津津有味。我也聽得入迷，聽得把杜甫都忘了。卸發條的時候，他說：『這是一條有野性的蛇，沒有相當本領是制伏不了它的。要是弄得不好，讓它彈開來，會把盤子裡的零件都彈飛了。心粗手笨的人，要當心被它彈瞎了眼睛。』

他教我制伏這條猛蛇的方法：先把發條上緊，用一條細繩兒把它捆住，然後稍稍逆向撥鬆發條，使它把繩圈兒綳緊，檢查檢查那繩圈兒是不是捆得適中，是不是恰好等分了發條的寬度，這才可以擰鬆螺絲，把整盤發條卸了下來。這是《天方夜譚》裡的那個漁夫把一個巨人裝在小瓶子裡的方法。

廚房爐上的飯鍋飄出飯香的時候，牆上掛鐘長短針擁抱的時候，我們都把自己面前的一個鬧鐘拆散了。我心裡有一個不忍的感覺，好像我分解了一個生命。

『今天就到這兒為止。』我的老師含笑的站了起來。『找兩塊布把這兩堆零件蓋好，不要去動它。下一次我再教你怎麼裝配一個鬧鐘。』

我要送他出門，他伸手按住我的肩膀說：『我自己會走。吃飯以前，按我說的方法把手洗乾淨。』他步態安詳的走出房門，轉身跟我招招手，含笑的走了。

吃過中飯以後。我跟二弟、妹妹互相交換彼此的經驗。二弟的老師是在一家文具店門口擺刻字攤子的那個中年人。他帶回來一本《六書通》，兩把刻字刀，一個配有木頭楔子、可以把圖章夾緊的小木頭檯子。他學的是刻圖章，一邊跟我談話，一邊熱心的學習寫反字。

『所有刻圖章的人，都應該把反字練好。』他很自豪的說。

『你那本《六書通》是幹什麼用的？』我問。

『查篆字用的。』他很自豪的回答。

妹妹的老師是一個家庭工藝社的女老闆。妹妹學的是打毛線衣。

妹妹這樣形容她的老師：『她長得又高又大，不大會說話。她做給我看。要我跟她一起做，嘴裡直說：「這樣子！這樣子！這樣子！」她好像不大會教書。』

『她教你打毛線衣。她不教書。』二弟笑著說。

父親的「謀生教育」完全成功了。這個家庭要是忽然鬧窮的話，就會有一個修理鐘錶的，一個刻圖章的，一個打毛線衣的，並肩站出來征服貧窮。我們家是六口之家，能夠有四個人參加生產，運氣再壞也用不著擔心挨餓，除非廈門島上的人都不用鐘錶，不蓋圖章，不穿毛線衣。這就是父親的理想。

整個禮拜，我都在那兒想念我的鐘錶老師，咀嚼他對我說過的話：『我教人修理鐘錶，都從修理鬧鐘開始。會修理鬧鐘，再學修理大掛鐘就不難了，再學修理手錶也不難了。』

我在學校上課的時候出神，因為又想起了他說過的另外一句話：『這個齒輪兒推動那個齒輪兒，那個齒輪兒推動另外那個齒輪兒，不過所有的力量都是從那發條來的。這發條是一條有野性的蛇。』他說得使我相信那發條是力氣很大的鋼蛇！

我不再反對父親的安排。我感激父親。星期六晚上，我笑咪咪的去找父親。

『李伯伯明天來不來？』我問。

『你不希望他來？』父親也問。

『我是希望他來！』我說。

父親哈哈大笑。

第二個星期天，我的老師準時來上課。他指點我把那些零件裝配成一個鬧鐘，然後又叫我把它拆散了。

『今天就到這兒為止。這幾天，如果有時間的話，自己把這些零件裝配起來。下個星期天，我要看看你是不是學會了。』

我整個星期都在弄那個鬧鐘。工作的時候，自尊從我心中升起，我像是在組合一個生命。不過這頭一回我是失敗了。星期天，他看了看我裝配成的鬧鐘，笑著搖頭說：『你這個鬧鐘走得動嗎？』

我說我沒有試過。

『你應該試一試。裝配鬧鐘並不是辦完一些該辦的事就算了，要能走動才行啊！』

我紅著臉，細心檢查，發現裝錯了兩個齒輪兒。我所做的只不過是安放零件，而且還安放錯了。我的老師希望我學的，是讓那鬧鐘能走。

『還要走得準。』他說。

我是在第六個星期才學會檢查一個有問題的鬧鐘毛病出在哪裡。他坐在我身邊聽我的診斷，不停的點頭。緊接著的那個星期日，他帶來一個八成新的鬧鐘，說：『這是我替你接的生意，顧客約好後天來拿。你試試看。修理好了就送到我兒子的店裡去。』

我接下了我的第一筆生意。那個星期天，我的老師帶來兩張鈔票，放在我面前說：『這是你賺的工資。』

我很興奮的向他道謝。他慈祥的跟我點點頭，接著就給我講解一個新課程——掛鐘的構造。臨下課的時候，他答應，下一次上課要抱一個舊的大掛鐘來。

可惜的是，我們從那天以後，就再也沒有「下一次上課」那樣的事了。他回家以後，覺得身體不舒服，第二天就病倒了。他託人轉告父親，說他不能再來上課，一連好幾個星期天，我整天躲在房間裡，把老師送給我的第三個破鬧鐘拆了又裝，裝了又拆。我的感覺，就像是跟一群熟得不能再熟的老朋友隨意談天一樣。

第二年的清明節，父親帶我去向我的老師致敬，在紙錢的灰隨風飛的山坡上，在他墳前的草地上，有幾隻白蝴蝶飛過，飛過李伯伯的墳墓。

他的臉有慈祥的光，他的眼睛充滿善意，因此在我跟他學修理鐘錶的那幾個月裡，一直只看他的眼睛，竟忘了他的容貌。

我問父親：『李伯伯的面貌是什麼樣的？』

父親說：『頭髮是灰白的。清秀的臉，細長的鼻梁兒，尖尖的下巴頦兒，有點兒跟你一樣。這也是你們的緣分。』

是不是兩個面貌相似的人會彼此互相忘了臉上的特徵？

不過我總記得他說過的話：『弄弄這種小機器也是很好的。專心的時候，人就變得無憂無慮了。我知道你並不真指望靠這小手藝過日子，我還是一樣用心教。我知道年輕人學學這個是很好的。』

畫股票

二弟在鼓浪嶼黃家渡的舊書攤上找到一本鉛筆畫集。那是一位美國畫家的作品集。他用鉛筆畫了三十棵不同的樹，一棵一幅，每幅的右下角都有他瀟灑的英文簽名。他的那些樹都是充滿藝術趣味的，並不是植物學大綱上那種書上的插圖。他畫樹葉，畫的不僅僅是那樹葉的形狀，更使人動心的，是他畫出了那種形狀的美。欣賞每一幅「樹畫」，我會激動，會心跳加快。其實我欣賞的並不是「樹畫」，我欣賞的是一枝鉛筆的出色的表演。

我知道二弟有這本書的時候，二弟早已經買了圖畫紙，一天一幅的臨摹，臨完了二十五幅。我又等了五天，等他臨完全書，就跟他要了那本書來欣賞。我整天端著那本書細讀像愛美的人照鏡子。我跟二弟談論那本畫集，常常一談就是一個多鐘頭。

我剛學會修理鬧鐘，二弟剛學會刻圖章，那都是父親安排的「謀生教育」。現在，我們覺得應該向父親提出「非謀生教育」的要求：我們要學畫！

排。

父親聽說是學畫，就認為非常有意義，很高興的答應要好好兒的給我們安排安排。

『這是一種很實用的技能。很好。』父親說。我們兄弟兩個聽了，都覺得有些奇怪。我們希望能找到一位大畫家，向他磕頭學畫樹。用鉛筆畫樹，是一種很實用的技能嗎？

一天，父子三個在海邊的街上散步。我們走過一座舊樓房，樓房向著空地這一邊的整堵牆都沒有窗戶，貼牆搭著高高的竹架子，竹架上搭著窄窄的跳板，跳板上站著一個人，穿著深咖啡色的西服，白色襯衫的領子翻到西服領子外面來，一副瀟灑飄逸的樣子。他一手調色板，一手刷子的，正在那一堵打好了四方格子的牆上畫一個很大的酒瓶。

我跟二弟停下腳步，抬起頭看得出神。父親走到我們背後，伸手抱住我們兄弟兩個的肩膀，溫和的對我們說：『很實用的謀生技能，對不對？你們兩個就拜他做老師吧。』

我們都笑了。父親是常常說笑話的，他當然不會真叫我們去學在打了格子的牆上畫大酒瓶。畫那個有兩個人高的大酒瓶，一定很乏味。

第二天晚上，父親到我們兄弟兩個的大臥房裡來，坐在我們的床緣上，笑咪咪的說：

『我今天已經跟老師談過了，學費多少也說定了。每個星期日上午八點到十二點是上課的時間。現在高興了吧？』

我很疑惑的問：『我們去學什麼？』

『畫廣告。』父親說。

『跟誰學？』我又問。

『你們也見過他了，就是站在竹架子上畫酒瓶的那個人。他姓岳，岳飛的岳，是個很有意思的人。』

我希望父親放棄他所做的決定，不得不說：『可是我們想學的不是這個！』

父親遲疑了一下，又露出信心的笑容說：『我還是認為你們應該先學習這個，然後再去學你們想學的那個。萬一你們做不成畫家，你們還有這個，就不至於餓肚子。好不好？他是個很有意思的人，你們一定可以跟他學到不少東西。』

事情就這樣決定了。二弟說了一句笑話：『想要樹，結果得了個酒瓶兒。』

岳老師的家在海邊一座小樓房的二樓上，有一房，一廳，一個小廚房。客廳很大，但是只擺了一張吃飯的圓桌跟四隻長腿的圓凳兒，再也沒有別的擺設兒。臥房也很大，有一張大鐵床，兩張大書桌，四面的粉牆上什麼也不掛。

父親帶我們到那兒的時候，師母帶著三歲的小師妹在客廳裡玩兒，岳老師站在臥房門口迎接我們，把我們帶到那兩張大書桌旁邊。那就是我們上課的地方。

岳老師淡褐的膚色，說明他是一個經常在陽光下工作的人。他長得高大挺拔，大眼睛，高鼻梁兒，梳的是大背頭。雖然是在家裡，雖然腳上穿的是拖鞋，他照樣穿著雪白的短袖襯衫，穿著燙得很平的西服褲。他是一個穿衣服不馬虎的人。

父親叫我們向他一鞠躬，算是拜師禮。他笑著，用低沉的聲音說：『這真是，這真是……』

父親告辭以後，他就叫我們兄弟兩個，一人坐到一張大書桌前面去，然後自己站在兩張書桌中間的「巷子」裡，跟左右兩個學生說話。

『你們的父親跟我說的，你們想學的是廣告畫對不對？』他說。

我們沒辦法回答：『不對。』父親確實是這麼交代過我們的。

『走進這一行，雖然不能沒有一點繪畫的底子，可是實際上那並不重要。最要緊的是，』他說，『要有高度的耐心，要能受得了那單調。這個東西最能磨練你的性子。』他露出黑人牙膏廣告畫上那個黑人的潔白整齊的牙齒，笑了笑。『學到了這種耐性，將來無論是做人，做事，做學問，都有用處。』

他的話迷住了我。我想起父親對他的讚美：『他是個很有意思的人。』他確實是。

我跟二弟，每人都得到一張磨砂玻璃似的半透明的紙，還有一張大大的普通圖畫紙。岳老師從堆在牆角地板上的一堆英文雜誌裡抽出兩本來，翻了翻，各選出一幅廣告畫，遞給我們看。他給我的是一幅福特公司的汽車廣告，那廣告的主體是一輛汽車的彩色照相。

『今天教你的這方法叫「翻印」。』他說。『把這張玻璃紙蒙在這汽車上，用硬鉛筆細心勾出汽車輪廓跟要緊部分的位置。勾好了，把玻璃紙翻過來，用軟鉛筆把有線條的地方都塗黑了。再把玻璃紙翻過去，蒙在圖畫紙上那個選定了的位置。這一回還是用原先的硬鉛筆，順著原來的線條重描一遍。因為原來的線條，背面都用軟鉛筆塗過，所以你很容易把整部汽車的形狀翻印在圖畫紙上。』

『這不是很費事嗎？能不能用複寫紙來翻印？』我問。

『那不行。複寫紙最容易把圖畫紙弄髒。你用橡皮去擦，會破壞紙面，染色的時候就不好辦了。』他說。

他指點清楚了，就到牆邊去拿一塊畫板，放在床上；又搬來了一隻矮凳兒，把床當作書桌，靜靜的去畫他自己的東西去了。

那間大臥室的窗戶是向海邊開的，看得見大海在陽光下閃爍，像是千萬片鱗片編成的圖案。風一來，鼻子裡聞到一絲絲魚腥氣，可是一呼吸，那空氣卻是十分清新的。除了一聲兩聲的海鷗叫，整個世界是靜悄悄的。地球上彷彿只住著三個人，三個人都聚精會神的在那兒工作。那情景值得一生懷念。

一個多鐘頭以後，我翻印好了我的福特汽車。我懷著學生交卷的興奮，把我的成績帶到床邊去給岳老師看。那時候，二弟的翻印工作離完成還遠得很。

岳老師看了看我的作品，臉色發紅，眼中帶著怒意。他咬緊了嘴唇，一句話不說。等臉上的怒氣平息以後，他這才勉強含笑的說：『不可以這樣。你要從頭再畫一張。』

他指著自己畫板上的那件作品說：『我畫的是一張股票。像這樣的曲線，我要畫兩千條，一條也不能馬虎，一條也不能亂來。順手亂畫，就不成東西了。要緊的是不能心浮氣躁，要一筆一筆的來。我畫這個雖然是為了換錢，不是什麼藝術創作，但是東西總得像個東西。』

他那張股票上一條條多采多姿的曲線，是用紅顏料畫的，我相信那耀眼的顏色也就是當時我臉上的羞愧的臉色。我很順從的從他手裡接過來我的作品，低聲的道歉：『對不起。』

他也伸過手來，帶著歉意的在我的肩膀上輕輕拍了幾下。

那天中午，我跟二弟下課回家，路上我問二弟：『你覺得岳老師怎麼樣？』二弟淘氣的說：『你受過教訓，應該問你自己。』

『我覺得他好。』我說。

『我也是。』二弟說。

我用三個星期日的上午來翻印那部福特汽車。岳老師看了看我的作品，含笑的說：『合我的意思，合我的意思。』

我跟岳老師學了四個月的廣告畫，一共只畫了三件作品——也許應該說是一件才對，那件作品的標題叫「耐心」。

我完全相信岳老師所說的話：『學到了這種耐性，將來無論是做人，做事，做學問，都有用處。』

父親替我交的是學廣告畫的學費，但是我學到的卻是獲得人生樂趣的祕訣。

雨露

我不知道他為什麼要選擇「雨露」這兩個字做他的名字，不過我有理由相信，這件事由不得他自己。他的父母都沒受過教育，對於給子女起名的事，通常都交給算命批八字的先生去辦。批八字是要付費的，順便請算命先生給孩子取個名兒，大概不必另加小費。他的名字可能就是由苦讀一兩本專業用書，而其他的書卻讀得非常少的算命先生給取的。

這完全是猜測。

論年齡，我應該喊他叔叔，因為他至少比我大十六七歲。可是我一向沒當面喊過他一次，只是談論過他，在談他的時候，很自然的就學著大人喊他的方式，喊他「雨露」了。我雖然沒當面喊過他，卻當面跟他說過一次話，那次談話，發生在我十二歲那一年。

在我的眼光裡，雨露是一個生活在一幅風俗畫裡的人物。當時我雖然還是一個小孩子，卻已經能感覺到他是一個懂得生活的人，就好像家鄉風俗和家鄉人的生活方式，都是為他一個人準備的。他享受那風俗，享受那生活方式，心安理得，逍遙自在，沒有一點遺憾。他是一個真真正正的廈門人。廈門就是他，他就是廈門。

我們家有一棵樹身有三層樓房高、年年豐收的大龍眼樹。在還沒開闢新馬路以前的古老的年代，我們的家，不過是山坡上的一座房子。房子四周的山坡地，不公不私，隨便你愛在那上面種什麼就種什麼。那棵大龍眼樹，大概就是那時候種的。

開闢了新馬路以後，馬路兩邊的住家都砌了美麗的圍牆，公私分明。那棵大龍眼樹，就成為圍牆外的私有財產。它正好生長在圍牆外的人行道上，是一棵受保護的風景樹。附近的鄰居都是重視歷史的公道的，承認那棵公地上的龍眼樹的果實，還應該是屬於我們家的。

那棵爺爺龍眼樹，當年種在山崖邊，一定是一個出色的地面標誌。山崖下，也有人蓋了一間房子。龍眼樹就成了那間房子頭頂上的大綠傘。開闢了新馬路以後，山崖下的住家通到山崖上來的石階，還好好兒的保留著。山崖下的那戶人家，每天回家都是先走到龍眼樹下，然後下石階，走進自己的客廳。每天早上出門，只要走出客廳，爬幾層臺階，就到了人行道上的龍眼樹下。

我們小孩子，每天黃昏看到那個家裡的人走到龍眼樹下忽然就消失了，每天早晨看到那個家裡的人忽然出現在龍眼樹下，覺得他們像神祕的穴居人，心中充滿了好奇。我從小就喜歡樹，喜歡風景，所以更認為那個家庭所過的生活，是最美麗的生活。他們住在風景裡。

我所提到的那個名叫「雨露」的人，就住在那一座馬路下面的房子裡。

他長得高大漂亮，留著長長的頭髮，梳大背頭，頭髮上的髮油在陽光下閃爍，非常耀眼。他有一張方方的臉，大大的眼睛，濃濃的眉毛。那一張臉上，白是白，黑是黑，黑白分明。頭髮、眉毛、眼珠子，分外的黑，皮膚、眼白、牙齒，分外的白。

他喜歡穿對襟的漢裝、黑布鞋，只有舊曆過年出去拜年應酬，才穿西服，繫領帶。他穿西服沒有穿漢裝好看，顯得僵硬古板。

他有個非常受孩子歡迎的職業。他是廈門話所說的「賣五香的」。「五香」這種食品，是剁碎了的豬肉和荸薺，裹在一張豆皮裡，像個特別長的春捲，放在油鍋裡炸得香香酥酥脆脆的，再切成一截一截的，用筷子夾起來蘸芫荽、蒜蓉、醋、甜醬吃。所以叫「五香」，大概是那豬肉跟荸薺都拌了茴香、花椒這些調味的香料的緣故。

除了「五香」以外，他賣的還有滷豆腐乾、滷豬肉、香腸、滷蛋，這些又香又可口的食品。那些最刺激嗅覺，最容易使嗅覺振奮的好食品，並不是口袋裡只有一個銅板、兩個銅板的小孩子買得起的。在我的心目中，那都是些高貴食品，因此他的職業也是高貴職業。

他每天上午十點鐘，把空擔子挑到地面上來，停在龍眼樹下，然而再下石階回屋裡去搬油鍋和別的雜物，稍稍整理整理，身子往下一蹲，挑起不冒熱氣的擔子，邁著大步，匆匆忙忙的走了。我不知道他每天在什麼地方做買賣，只是盼望著哪一天有了錢，一定要到他的擔子上去吃一頓。我也注意到他的雙手有職業的記號。他雙手浮腫，而且都是油。

除了做買賣以外，他還喜歡鬥雞。他養的一隻鬥雞，長得高大挺拔，渾身羽毛發出油光，似乎這種雞都是要抹油的。那一對雞腿，結實得像兩根小細鐵棍。那隻雞，神態威武，從來沒見過牠規規矩矩的站住不動，總是那樣急躁，不耐煩，走個不停，像拳擊臺上不停向空中試拳的拳擊手。聽說那隻雞替他贏了不少錢。聽說他花在雞身上的錢比他贏來的還要多。聽說他在鬥雞界很有一點名氣。

廈門有一個小吃世界叫作「新巴薩」。「巴薩」是從英語來的，英語又是從波斯語吸收的，意思就是「市集」。「新巴薩」裡有各式各樣的小吃，像臺北的圓環一樣，不過那建築卻是方的。

我小學畢業的那一年夏天，跟一個同班同學參加了學校的畢業典禮以後，兩個人穿著整齊的童子軍制服，一路散步回家。同學住在離市區很遠的農村，時候又是中午，而且眼看就要別離，因為不知道將來是不是一定還能在同一個中學裡碰頭，心中難免有點兒傷感，很想做一件什麼事，好在將來留下點兒記憶。

我的童子軍褲袋裡有一把銅板，大約是十七、八個，是我在最近的那一段日子裡攢下來準備買書的。我想那數目大概也夠了，就在路邊站住，指著對面的「新巴薩」，邀我的同學進去吃一頓中飯。我要給他餞別。

同學很細心的問我：『帶的錢夠嗎？』

『大概夠。』我很有把握的說。

我們像兩個大人，壯著膽子走進了「新巴薩」，在離進口不遠的一個小食攤前面坐下來。我們點了許多小吃，再加上那老闆的熱誠招呼，吃到後來，兩個人完全對自己失去了控制。我們痛痛快快的吃了一頓中飯，可是在結帳的時候出了問題。我把褲袋裡的銅板都掏出來，數一數，還不夠十八個銅板。

我很窘，滿臉通紅，不知道該怎麼辦才好。老闆看見我那種抓耳撓腮的窘態，大概是覺得我們這兩個孩子很有意思，就笑著說：『錢不夠啦？』

他是個大胖子，聲音特別宏亮。他那句話剛說出口，整個「新巴薩」裡那些做買賣的，那些吃東西的，都回過頭來看，而且都放聲哈哈大笑。我僵在那裡，一動不動。我的同學也急得滿臉通紅。

我低聲問他：『你帶著錢嗎？』

他搖搖頭：『一個銅板也沒有。』

我們的一問一答，又把大家逗笑了。這一回，笑聲更高，而且還有一個大嗓門兒的添了一句話：『哈哈哈！兩個童子軍！』

我眼角彷彿看到有個人正在向我招手，趕緊回過頭去，一看，竟是我的鄰居雨露。原來他做生意的地方就在這「新巴薩」裡頭。我知道有救了，就跑過去，低聲跟他說：『快給我二十個銅板！』

他一邊數錢，一邊說：『多拿一點。』

我搖搖頭。

我拿了錢，付清了帳，拉著我的同學，很狼狽的逃出了「新巴薩」。背後響起了一片更豪放的大笑聲。

在路上，我向我的同學道歉。

『那個救了我們的男人是誰？』

『雨露。』

『什麼？』

『雨露。』我又重說了一遍。
『這是個名字嗎？』他輕鬆的笑了。
那一天，我真的成了一個製造笑聲最多的人。回家以後，父親母親聽了我的報告，也大笑一場。
「哈哈哈，第一次做東！」母親大笑。
父親也笑著，掏出了二十個銅板，叫我快拿去還給雨露。我有點兒為難。父親笑著說：『應該當面向他道個謝。』
我硬著頭皮又回到「新巴薩」去還錢，向雨露道了謝，在一片『哈哈哈，又來啦！』的笑聲中，第二次逃出了「新巴薩」。
這個使我一輩子忘不了的恩人，我實際上只跟他說過兩句話：『快給我二十個銅板！』『謝謝！』

慶祥

他像一隻第一次走出大門就遇見貓的狗，除了拚命追貓，再也顧不了別的。他一走進文學的世界就接觸到詩，從此以後，除了詩，再也不喜歡別的。慶祥是一個糾纏住詩不放的人。

從我十二歲那一年他第一次念他所寫的詩句給我聽算起，到我二十二歲離開家鄉的前幾天，他來看我，跟我討論詩為止，前後恰好是十年。這十年，他的詩並沒有什麼進步。

他常常問我說：『詩到底應該怎麼寫？』

我說：『你不是已經在報紙上發表過好幾首詩了嗎？』

他說：『唉！』

我父親辦工廠的那一年，招考了一批學徒，慶祥就是錄取的六個大孩子裡的一個。他到我們家裡來的時候，是一個十七歲的孩子，只比我大八歲。我第一次看到他，就跟弟弟說：『是個印度人！』因為他有褐色的皮膚。

弟弟冷冷的看我一眼就走開了。他不同意我的說法。如果把他的表情翻譯成語言，那就是：『他長得很漂亮。你說他是印度人太沒意思啦！』

慶祥的褐色臉上，有一個白種人的鼻子。他的眉毛不能給人什麼深刻的印象，我現在無論怎麼樣也想不起他眉毛的形狀，彷彿他是一個沒有眉毛的人，但是他有一對極端靈活的眼睛。他薄薄的雙唇長得很秀氣，微笑的時候露出整齊雪白的牙齒像甲板上兩排神氣的水兵。他的下巴是尖的，薄的，略略向前方揚起帶著點兒傲氣的。

他的相貌很討人喜歡，四肢又長得非常勻稱結實，漂亮矯捷像一隻豹。他說話誠懇有力，滿臉都是動作，雙手參加表情，在你來不及考慮應該對他採取友善或者敵對的態度以前，你已經成了他的朋友。他一點不隱藏的表達自己的內心，對人完全不設防。

漂亮往往容易招惹敵意，可是他的誠懇卻使他成為大家喜愛的漂亮朋友。

他不只是在星期天才穿講究的衣服，連平日上班也穿得整整齊齊、漂漂亮亮。外祖母常常笑他說：『你每月賺的薪水都花在自己身上啦！』

他會笑著回答：『佛要金裝，人要衣裝。這一身衣服是什麼地方都進得去的門票。』

我上小學六年級的時候，聽過他的一次衣服哲學，印象深刻：『不管你口袋裡多有錢，要是你穿得又舊又難看，百貨公司的店員瞧都不瞧你一眼。如果你穿得漂亮合身，儘管口袋裡只有幾張草紙，那些店員也會乖乖的聽你支使。』

他不到二十歲，就已經有一套漂亮的雙排釦西服。他穿西服不像個循規蹈矩的英國紳士。他總是走在時尚的尖端，緊貼脖子圍一條大大的花綢手帕，不繫領帶，瀟灑像美國的風流小生。

他有一群服裝華美的瀟灑朋友，每天下班以後，在前一天約好的冷飲店集合，然後結伴去逛街，去看電影，去喝咖啡，去參觀舞廳，很節儉的花錢，很豪放的遨遊。他們成為廈門故鄉夜市可愛的點綴。他們使廈門的街景有了生氣。每一次漫遊回來，他都有值得向人報告的新奇遭遇。

在家裡的女長輩面前，他是最受寵的。外祖母的習慣，每天夜裡喜歡邀全家的女眷到客廳談天，總要談到十一點才散。慶祥常常在十點鐘左右逛完街跟朋友分手以後，順路走到我家，叫門進來陪外祖母談天，報告他有趣的遭遇：在舞廳裡打架，在咖啡館裡跟另外一群同樣瀟灑的青年起衝突，在黑暗的街角幫一個單身出門的女孩子趕走兩個流氓，像一個騎士。

外祖母常常聽得哈哈大笑。女長輩對他所談到的一切發生在大街上的事情，也很感興趣，所以並不討厭他；不但不討厭他，簡直是歡迎他。他總是談到外祖母要休息了，才告辭回去。他陪外祖母談天，談到吃消夜的時間，老人家總是特地交代也給他準備一份。為了報答外祖母，每年到了某一個回教節日，他就會帶來一大包「沙其馬」孝敬老人家。他是不吃豬肉的回教徒，「沙其馬」是他母親特地為外祖母做的。

這個受人寵愛的人，跟小孩子也很有緣。我弟弟很喜歡他，吃他的糖，也捨得拿自己的糖請他。看他穿得漂漂亮亮的來了，就會逗他，罵他：『想結婚！』哪一天他看見弟弟穿新衣服，也會回敬弟弟一句：『想結婚！』他們兩個非常要好。

對我，他的態度就謹慎多了，因為他知道我是這「榮國府」裡的「賈寶玉」。他總是誠心誠意的跟我談些正經事，不把我當小孩看待，從來不隨便跟我開玩笑，他跟我談的就是他的詩。

我十二歲那一年，有一天，他拿著一張紙，上面用他特殊的字體，每一橫筆都向右上方傾斜四十五度，寫了兩行詩。他念給我聽：

他念完以後，就問我什麼地方該改。第一行我能欣賞，第二行我沒有法子體會，所以我說：『第一行好，第二行沒味道。』

他抓抓頭說：『那麼，你說該怎麼改？』

我說：『雨後的青山，更像青山！』

他吃了一驚，把我的一句寫在他那一句的旁邊，然後低著頭研究起來。我趁那機會跑掉了。

他愛詩，常常讀副刊上的新詩，已經買了三本新詩集，這是他告訴我的。他寫詩非常吃力，常常好幾天弄不出一句來。他喜歡寫的是哲理詩，希望他的詩句都成為「智慧的言語」。

有一次他寫「月夜」，他說：

月夜是披上白紗的黑女郎。

有一次他寫「池畔」，他說：

池水是沉睡的思想。

他寫完一首詩，就拿來念給我聽，要我幫他改，我實在沒有改詩的能力，就回答他說：『已經很好了，這就行了，還改它做什麼呢？』

第二天，他會把昨天的詩又念一遍給我聽。我說：『這不是跟昨天那一首完全一樣嗎？』

『不一樣。』他說。『改了一個字。你看，就是這個字！』說著，把稿紙遞到我手裡。

我父親是不寫詩，不讀新詩的。我有一位當年同住在一起的姨父，是只喜歡讀舊詩詞的。外祖母聽慶祥念過一次詩，就說：『胡鬧胡鬧！』因為他詩裡寫了「維納斯女神」，外祖母問他那是什麼神，他說那是外國神，所以引起了外祖母的反感。

外祖母笑著說：『中國人該寫觀世音菩薩。以後再不許你在我面前念詩了。』

這樣一來，他的知音實在難找，當然只有找我來了。

我二十二歲那一年離開家鄉的前幾天，他來看我，嘆口氣，說：『詩到底該怎麼寫？』

我那時候已經成熟多了，就回答他說：『慢慢來吧，總可以寫出一條路子來的呀。』

『唉！』他又嘆了口氣。

他的風度還是那麼瀟灑，他的西服還是那麼整齊，他的做人還是那麼誠懇。他有一位很美麗的太太。他的兩個小寶寶，一男一女，都很活潑可愛。一個美男子所能得到的幸福他都有了，但是他似乎並不快樂。

美的儀容，善良的心，再加上好人緣，這樣的一個人，幸福的杯子卻是空的，因為找不到詩的泉源。詩，使他苦惱。詩，苦惱了他。

漢裝阿鉛

「漢裝阿鉛」是他的外號，其實我們當面都喊他阿鉛。

他喜歡打扮，非常留意照相館裡的放大照片。那些照片等於是他的時裝雜誌。那時候我只有九歲，廈門故鄉的書店還沒有時裝雜誌這種東西。

廈門的年輕人心目中最帥的服裝是西裝。出來做事的年輕人，夜裡上街最愛逛的地方是西服店跟百貨公司，在西服店欣賞流行的式樣，在百貨公司看領帶。哪一天錢存夠了，他就會悄悄到西服店量身子，定做一套西裝，悄悄到百貨公司買下了想了好幾個月的領帶，當然還要有一件雪白的襯衫，一條像樣的皮帶，一雙出色的襪子，一對頭兒尖尖的皮鞋。有了這一套行頭，他就可以正式進入社交圈，在公共場所露面。換另外一個說法：有了這一套行頭，他全身就會散發出求婚者的光彩，女孩子才會對他發生興趣。他使媒人覺得有事做，他自己也覺得所過的日子像蜜，像酒，彷彿聽見「幸福」鼓動翅膀向他飛來的聲音。

可是阿鉛的服裝口味跟人不同，照相館裡的放大照片，並不是張張都合他的心意。他喜愛的放大照片，是那些衣著有濃厚民族風格的人的放大照片。那些人都戴一頂呢帽，穿一件大褂，有向外翻的白袖口，腳上穿的是布鞋。我們小孩子都把那樣穿衣服的人叫作「上海人」。廈門的年輕人喜歡這種漢裝的並不多，大家幾乎都相信沒有一個媒人會對這種服裝發生興趣，穿這種服裝，等於披上了袈裟。大家給趣味獨特的阿鉛起了個外號：「漢裝阿鉛」。

父親經營的是化妝品工業，雪花膏、香粉、花露水、面油、髮蠟、爽身粉，都是廠裡的產品。註冊商標是一朵水仙花。廠裡需要人手，父親就招考了一批學徒。他們進來的時候是十六、七歲的大孩子，後來離開的時候都成了二十二、三歲的青年。阿鉛是同一批進來的大孩子裡歲數最大的一個。我聽父親提到過阿鉛的年齡：『有二十歲啦，不過人很聰明，一張嘴很能說。』

父親是一個理想主義者。他除了訓練這些大孩子製造化妝品，也教這些大孩子讀書。他利用中飯後到下午兩點前的這一段時間來上課。商業書信、簿記、珠算、初級化學是最主要的科目，另外也教一點跟自然科學有關的常識。我旁聽過他們的一堂課，那是很有意思的。

父親叫個大孩子站在花園當中不動，然後拿那大孩子做圓心，在地上畫個大圓圈。那直立不動的大孩子是太陽。父親叫另一個大孩子繞著地上畫的圓圈走一圈，告訴那孩子說：『你是地球。你繞這一圈就叫公轉。』接著，他教第二個孩子一個很複雜的動作。這孩子要不停的轉身，這是自轉，同時又沿著地上畫的圓圈繞太陽一周。這是地球繞太陽的情形，又是自轉，又是公轉，父親說。

父親又叫第三個大孩子來，做一個更難的動作。父親要第三個孩子跟「地球孩子」面對面站著，在「地球孩子」自轉的時候，第三個孩子要繞著「地球孩子」飛快的跑，而且始終保持跟「地球孩子」面對面。這第三個孩子就是月球。

父親喊一聲「開始」，第一個孩子抱著胳膊站在中間笑，第二個孩子不停的轉身，同時又慢慢繞著「太陽孩子」轉，第三個孩子跑得上氣不接下氣的繞著「地球孩子」轉，始終維持著面對面。這就是天體運轉的情形，父親說。

阿鉛雖然是最大的孩子，但是他手腳很笨。他頭一次當月球，可是跟不上地球的自轉。後來改當地球，顧得了自轉就顧不了公轉，顧得了公轉就顧不了自轉。最後，那是必然的結果，父親只好永遠派阿鉛去當那站在圓心的永恆不動的太陽。

阿鉛行動笨，不錯，可是他的嘴並不笨。這批孩子都喊我父親「先生」。阿鉛說啦：『先生這個教法很新鮮，幾句話就把道理說清了。』我看到父親嘴角掛著微笑。

母親交代阿鉛做事，阿鉛會回答說：『先生娘說的是，我阿鉛一定照辦。』

外祖母責備阿鉛沒把事情做好，阿鉛就會回答說：『老太太說我是應該的，年輕人要懂得認錯，才能有長進。』

長輩閒談的時候一提到阿鉛，總會心服的嘆一口氣說：『阿鉛那一張嘴！』

這些大孩子星期日都不上班。父親認為他們每星期都應該有一個假日。可是他們並沒有什麼地方可去，所以都喜歡打扮得乾乾淨淨的，到我們家裡來玩，陪我的長輩說說話。第一年，阿鉛是什麼衣服都穿的。第二年冬天，阿鉛每星期日到家裡來玩，就都戴著呢帽，穿著大褂了。外祖母常常取笑他說：『你這一身打扮，不怕女孩子看了嫌你老氣？一艘大帆船似的，哪一個女孩子肯陪你逛街！』

阿鉛會笑著說：『老太太說的是，要是有女孩子肯陪我逛街，我還能到這裡來給老太太請安嗎？』說得大家都笑了。

跟別的大孩子比起來，阿鉛跟我的年齡距離最遠，所以我從來沒有跟他一起談過話。星期日，他也跟我母親提議過，要帶大少爺去逛逛街，可是我都拒絕了，寧願等機會，看看有沒有別的大孩子到家裡來帶我出去。我的想法跟外祖母說的一樣，雖然是個小男孩子，也嫌他像一艘大帆船，嫌他走起路來那一身大褂會發出虎虎的聲音；更嫌他那一頂呢帽，會成為路人抬頭欣賞的目標。他長得細細高高的，怎麼看都像是掛船帆的桅杆，而且他穿的衣服恰好又像船帆。

不過父親倒是很賞識他的，跟他很有話說。他到我們家的第五年，父親就出資跟他合夥經營一家煤餅廠。那時候廈門的住家盛行燒四方形的煤餅，就像臺灣從前盛行燒圓柱形的煤球一樣。父親有心栽培他，拿錢讓他去學做煤餅的手藝。等他學會了，父親又拿錢租了一塊空地，蓋了一間平房，圍了一圈籬笆，買了一些原料，讓他經營起煤餅廠來。

父親自己工廠裡的事情很忙，不能天天到煤餅廠去。那煤餅廠在公園東路，我們家在公園西路，中間隔著一個廣大的中山公園。父親就跟他約好，叫他在空地上豎起一根旗杆，每天上午九點，下午一點跟五點，各升一次旗，有事升一面黃旗，沒事升一面黑旗。每天約定的時間到了，父親就到三樓的陽臺上去看旗號。父親看到黑旗，就放心回去做自己的事；看到黃旗，就走路穿過公園去幫他解決困難。這辦法很方便，後來是警察局來干涉，才取消了。

我不得不承認，我對阿鉛有點兒妒忌。父親每次想用什麼奇特的方法訓練我去做什麼事，我總有我自己的意見，所以父親不得不放棄在我身上進行各種實驗的念頭，對我有些失望。但是阿鉛不同，在父親的話裡，阿鉛是聰明的，阿鉛是他的知音。

我逐漸把阿鉛看成「搶走了我父親的人」。當然這純粹是一種小孩子的想法。

中日戰爭爆發以後，我們一家人逃難到香港，那煤餅廠當然也就結束了。那八年裡，父親領著我們一家人到處流浪，嘗盡苦頭。到了勝利的前一個月，父親像盡完了人間責任似的到天上去了。我陪著母親和弟妹，回到家鄉的老屋去住。我起先在一家報館工作，後來那報館經營不理想，關了門。我天真的下決心要在家賣文度日，成心不再找事做。母親、弟弟、妹妹，都覺得這是一個奇特的念頭，但是他們都不願意直說，因為他們都有過跟父親相處的經驗，都知道勸阻一個奇特決定的最佳方法，就是根本不勸阻。他們都認為我跟父親是一個模子印出來的，越是勸阻越堅定了我的奇特的信心。

有一天，離別八年的阿鉛忽然來看我，他說他是聽人說起，才知道大少爺回來了。他看我擺了一桌的稿紙，就問我是做什麼？我就把我的「寫作狂想曲」一五一十的告訴了他。他聽著，眼睛發出著迷的光彩，高高的身體往前傾，嘴裡不停的念叨著「說的是」「說的是」的贊同聲，我越說越興奮，很高興總算找到一個知音。但是我也微微覺得不安，那是他對我的信服所給我的不安。我慚愧自己好像是拿沒有把握的事情去欺騙他。

他著迷的聽完了我的話，握拳捶一下桌子，說：『大少爺說的是，我阿鉛前幾天剛找到事，今後我的薪水就分成兩份，一份兒歸我，一份兒歸大少爺。大少爺安心去寫吧。』

我不安的說：『那怎麼可以？』

他說：『大少爺寫發財了再還給我，還是一樣！』

我的奇想後來並沒有實現，我還是乖乖的找事情做。但是我高興，我跟阿鉛的那次談話，總算讓我找出父親為什麼特別喜歡他的真正原因了。

喝豆漿去吧！

我進入報館工作是在二十二歲那一年。這家報館的社長是我的表舅，總主筆是我的六舅，有兩位編輯是我的同班同學。那一年，我本來在小學裡教書，生活非常安定，並不羨慕那種三更半夜大家擠在一個大廳裡弄稿子的報館生活。不過為了看看我的同學，倒是常常到編輯部去走走。

報館的報份兒不多，經營非常困難。經理部的經理，外號兒叫「籌款先生」，一向是到了月底發薪水的日子就請病假不敢上班。社長跟總主筆，也就是表舅跟六舅，每次在編輯部看到我，都很高興，都會特地走過來跟我談兩句話，但是他們從來沒有拉我進報館的意思。井水是井水，河水是河水，何苦拉自己的外甥過來一起受罪？

我的同學態度就不一樣。他們希望辦公桌再變成課桌，編輯部再變成教室，我再回來做他們的好同學，因此常慫恿我說：『跟你的社長表舅說一聲。咱們一起工作！』

我總是聳聳肩膀，表示他們的想法是胡鬧。不過在心裡，我確實羨慕他們那種「吉普賽人」的生活；有一頓沒兩頓的，卻能過著有說有笑的日子。報館雖然長期欠薪，他們總有辦法弄到一頓晚餐。對他們來說，每一條街上都住著一位孟嘗君。

這種生活實在太迷人，充滿了流浪漂泊的意味，充滿了豪放的氣息。對一個年輕人來說，這種「四海為家」的日子是很值得過的。越是跟他們在一起，就越覺得自己過的日子是做一天和尚撞一天鐘，十分乏味，令人厭煩。他們好比野馬，在原野裡奔跑。我好比耕牛，在門前的一塊地上拉犁。他們的生活，喚醒了我心中的一匹野狼。拿硃筆在格子外批改作業的手，很想再拿鋼筆在格子裡寫下自己的想像。

一個同學是編副刊的，他拉我寫稿，同時聲明稿費是不一定有著落的。我細心寫了兩篇「文白雜糅」的散文。那個時代，散文的好不好，是憑文言成分濃不濃來決定的，越是像文言文的白話，越算是有學問的白話文，越能受到讀者歡迎。我寫得非常認真。我是有意把這兩篇散文獻給兩位舅舅，像漢朝文人求職的時候呈獻上去的兩篇賦。

這兩篇散文發表以後，果然有了反應。六舅把我叫了去，說：『寫得很好哇！

想不想到報館來工作？』表舅也把我喊了去，說：『來報館工作吧。』我們三個人都很高興，同時也都忘了一件事：往後我的生活怎麼辦？

我辭掉教書的工作，到報館去上班，第一天晚上就遭遇到困難。我不能熬夜，剛過十二點就打起盹兒來了。我一回兩回的跑到洗手間裡去用涼水洗臉，用涼水澆頭，都沒有用。一個同學教我抽香菸提神，也不怎麼有用。我只做了一個標題，就再也支持不住，趴在辦公桌上睡著了。

醒來的時候，天已經大亮。編輯部裡一個人影兒也沒有。地上都是撕碎了的稿紙，揉成一團的標題紙。每一張辦公桌上都有順手一扔的一把剪刀，懶得蓋上瓶蓋的紅墨水瓶，一枝開了花的毛筆，一罐帶刷子的漿糊。每一個菸灰缸裡都堆滿了菸頭兒，像一座座骯髒的小山。戰爭已經過去，戰友已經回家，只有我一個人留在戰場上。

我很慚愧的站了起來，預備下樓到經理部去看看當天的報紙，看看我所做的唯一的標題被總編輯採用了沒有。一個身材高大的男子從樓下走了上來。他身上披著一件很大的黑大衣，像一隻大蝙蝠。我注意到他臉色蒼白，腳步不穩，一副迷迷忽忽的樣子。我料定他也是一個夜裡不睡覺的報館人，就跟他點點頭，笑一笑。

『早！』他說，『你是不是那個不能熬夜的編輯？』消息傳得真快。報館就是報館！

我可以從他的神態，他的眼神，看出他不是我們拿筆的這一群裡的人。他沒有書卷氣，眼中也沒有常看稿子的人的那種混合著挑剔跟悲憫的光芒。一眼就可以看出來，他的工作跟處理文字無關。一眼就可以看出來，他是一個穩健的辦事的人，管事的人。他到底是哪一部門的人？『你是——』我問。

『工務主任。我姓李。』他說，『剛從機器房回來，在你們編輯部找一個地方睡覺。』在報館裡，整個上午，編輯部是不會有人來的。他選的地點真不錯。我點點頭，放心的把整個編輯部交給他了。

那天下午，我又回到報館裡來，看見表舅在社長室裡寫稿子，就走進去問安，順便請求他把我調到採訪組工作，因為我在編輯部的第一個晚上就鬧了笑話。

表舅笑著說：『我也聽說了，沒關係，你愛跑新聞就跑新聞吧。這個報館，處處都有學習的機會，你喜歡哪個部門，就在哪個部門工作。』

『我跑跑市政好不好？』我說。

『可以。』他答應了。

我認識市政府總收發室的年長的收發先生，最喜歡跑去跟他談天。他幾乎知道市政府裡面的一切事情，常常透露一些消息給我。

『米商要請願。』他說。

『中山公園的整頓計畫已經通過了。』他說。

『教育局要辦暑期教員訓練班。』他說。

我跑得很熱心，跑得忘了一件最要緊的事。我工作了三個月，卻沒拿到報館的一毛錢。有一天早上，我不得不放棄一個紀念大會的採訪，跑回自己的報館去找社長。社長不在社長室，我就順便上樓到編輯部去看看。工務主任躺在一個長沙發上睡覺，聽到我的腳步聲，就翻過身來，睜開眼看看我，說：『是你。』

我挑了他身邊的一個短沙發坐下來，說：『我是來看看社長的。』

『我知道。』他說。『你們編輯部來看他的人不止你一個。他也沒有什麼好辦法。你還是另外想辦法吧。』

他語氣平和，說話不造作。我很感激他對我表舅的同情，但是又覺得不能不把我自己的苦處也說一說。我告訴他這三個月來我是怎麼吃飯的：除了招待會以外，我輪流在幾個同學家裡當食客，早餐一向不吃。我說，家裡不是沒飯吃，但是我總覺得一個有工作的人，不該在家裡吃現成飯。

他聽得笑了，一翻身坐了起來，說：『走，喝豆漿去吧！』

他站在地板上，披上那一件很大的黑大衣，像一隻蝙蝠。我不覺也站直身子，暗中跟他比一比高矮。我的頭頂還沒有他的肩膀高。

我們就這樣子成了朋友。他比我大二十幾歲，所以把我當小朋友。我很自負，但是他不在乎。我慢慢的注意到我已經落入一位長者的手裡——我這個喜歡高談闊論的孫悟空，自己爬上了如來佛的手掌。

『你的人生觀怎麼樣？』有一次我問他。

他回答說：『飯是一定要吃的，不要仗著年輕，糟蹋了身體。你不願意回家吃飯，不願意吃招待會，不願意做同學家的食客，隨時來找我。我請客。』

又有一次我問他：『你喜歡不喜歡文學？』

他回答說：『人總有賺錢養家的一天。你決定進哪一行，可以告訴告訴我。我也有幾個熟人，說不定可以幫你一點忙。』

另外有一次，我問他說：『你最喜歡的文學作品是哪一部？』

他回答說：『你應該再回到學校去讀書。多念點兒書總是好的。如果學費方面有困難，我可以幫你張羅張羅。你還年輕，用不著這麼早就出來社會做事。』

我們的友誼，就建立在這種「問牛答馬」的談天上。只有一次，我問起他的家庭，他才嘆了一口氣，給我一個「問牛答牛」的答覆。

『我結婚很早，有兩個兒子，都夭折了。』他說。

『你的太太呢？』我問。

『她走了，跟兩個兒子在一起了。』

『那麼——』我遲疑著，腦子裡忙著尋找一個理論來發揮。

『那麼什麼？』他眉毛一抬，笑著說：『你用不著找話來安慰我。還是喝豆漿去吧。』這一次，當然還是他請客。

我終於找到了表舅。他關了社長室的玻璃門，從口袋裡掏出幾百塊錢，塞在我上衣口袋裡，悄悄的說：『不要告訴任何人。我虧欠你們大家太多了。這一點錢算是我報答你的。事情太不順利，不過我將來一定會有補報大家的日子。』

他用讚美『好青年！』的姿勢拍拍我的肩膀，催我快走，免得使別人起疑。我相信他口袋裡確實再沒有別的錢了。他是決心苦撐下去的。

我第一次口袋裡有了錢，快樂得在編輯部裡繞了一個大圈，然後三腳兩步衝到樓下，拉著我的大朋友，我的大蝙蝠，往門外就跑。我把他拉到他常請我吃飯的小館子裡，替他叫了三樣菜，一道湯，一瓶酒。

他笑著聽我擺布，直到我們的酒杯裡都斟滿了酒以後，這才舉起杯子說：『你發財啦！』

『是！』我很興奮的說。

『乾杯！』他說。
『乾杯！』我說。
我總算用一杯酒報答了這個把我看成他自己的孩子的大朋友。

色即是空

跟我一起在漳州一個公立小學教書的同學要離開了。話別的時候，我說：『原諒我實在是因為視力不及格，不能跟你一起去投效青年軍。我們只好這樣分手了。你去打仗。我照樣戴著眼鏡留在後方教書。』

那時候是抗戰後期，我們都已經在炮火中長大成人，都知道我們應該做的事是向國家要一桿步槍，然後扛著槍上戰場去守住我們的土地，守住河岸，或者守住一個山頭。如果我們做不到，我們就是二十二歲的懦夫。我們會被跟我們通過信的美麗女孩子看輕。要寫信，就應該從戰場上寄回來。我們都這麼想。但是我這一對習慣在油燈下看書的眼睛，已經不能保衛我們的國家了。

我那穿上一身綠色軍裝的男同學安慰我說：『不要那樣垂頭喪氣。我已經給你找到一個朋友，明天會到學校去看你。就讓他接替我的工作。你跟校長說一說好不好？』

我答應了。

第二天，一個膚色很白，長得高大漂亮的年輕人到學校來看我。他一走進辦公室，辦公室一亮，所有的女同事都抬起頭看他。我所注意到的第一件奇怪的事情，就是他對女性的完全不關心。他的那一對帶點兒哀愁的眼睛，似乎只能感受男性的光，完全看不見女性。他就像走進一間只有男教師的辦公室那樣的，掃視掃視我的男同事，然後一點兒也不猶豫的向我走過來。

『你好。』他說。

在我們那樣的年齡，無論到什麼地方去，最關心的應該是在場的女性。我們想知道她們的人數。我們想從她們的第一個表情，知道自己是不是受歡迎，受尊敬。我們一進門就要趕緊閱讀每一對溫柔的眼睛看看自己所得到的總平均分數，就像出遠門的人一出門就抬頭看天氣，就是遠在天邊的一朵小小的黑雲都不敢放過。

這個跟我說『你好』的年輕訪客對我的女同事的冷淡態度，不但使她們覺得不安，同時也稍微引起她們的不滿。好幾對溫柔美麗的眼睛，都微微含著怒意。這個長得也還漂亮的猿人是怎麼闖進來的？

『你好。』我趕緊站起來招呼他。我幾乎不敢相信我是已經站起來了，因為我的平視的雙眼只能看到他的胸膛。我的第二個動作就是趕緊抬起頭去迎接他俯視的眼睛。他穿的是一件短袖的雪白襯衫，一條燙得很平的西裝褲，一雙大大亮亮的黑皮鞋。他頭大，臉大，手大，腳大。他長得又高又寬。我跟他握手就像握一個拳擊手套，或者說，就像把我的右手放在一個大盤子裡。

他肌肉鬆軟，長得並不結實。他給人的印象只是「大」，像個特大號的什麼，例如：柚子那麼大的橘子，冬瓜那麼大的香蕉，或者南瓜那麼大的木瓜。他像是一篇小楷字裡突然出現的一個寸楷字。

他剃光頭，有一張娃娃臉。我悄悄觀察他臉上的皮膚，很驚訝的發現他根本是一個孩子！他是我常見到的出生在美國的那種巨人型的兒童，論軀幹可以做別人的父親，論歲數只能當別人的兒子。他在嬰兒期一定喝過不少橘子汁和鮮牛奶。我相信他是這兩樣東西撐大的。

校長跟我一樣是年輕人。年輕人做事的特色是簡單，明快，乾脆。校長，我，跟這位年輕的訪客，只用兩分鐘的時間就辦完我們三個人該辦的事。如果是中年人辦這種事，恐怕至少要兩天的時間。

我把他介紹給校長，說，我希望他留在我們的學校教書。校長說好。事情就這麼辦成了。這就是年輕人辦事的方法！

他坐下來寫自己的履歷，有三件事使我大吃一驚。第一，是他的毛筆字。勤練柳公權的校長一看到他的字，就笑著說：『你來得正好！』他寫的是漂亮的趙字。

第二是他的年齡，實足年齡只有十九歲。

第三是他的學歷：廈門佛教學院肄業。校長看了，打趣的雙手合十，說：『阿彌陀佛！』

關於他的住宿問題，校長說，這個由大祠堂改造的學校，大門左右本來有兩間門房，一間是校工住的，另外的一間就撥給他用。至於棉被，我說我可以回家去搬一床來借給他用。三頓飯怎麼辦？校長說，可以把伙食包給校工。

二十七歲的校長，二十二歲的我這個教員，十九歲的求職者，五六句話就把一切事情都辦妥當了。第二天上午，他開始上課。從此以後，他就成為我們自己的人了，校長說的。

每天下午，我回家吃過晚飯以後，總喜歡散步到學校去，搬兩把籐椅，跟他坐在學校鋪石板的大院子裡談天看月。有時候，他會留我在學校裡吃晚飯，擺一張學生用的課桌，就在那大院子裡吃。他指導校工做的那幾道菜，味道都很不錯，因此我留在學校吃晚飯的次數也越來越多。他很豪爽，用錢很大方，月底領到薪水的那一天，總要設法把上個月剩下的錢找個機會花光。他不借債，也不存錢。

我注意到他跟我一樣，吃魚，也吃豬肉。我問過他。他笑著說：『我是佛教學院的學生，並不是和尚。』「和尚」正是我給他起的外號兒。我常常很親熱的喊他和尚，其實他姓王。

有一件事情證明他很能得到女同事的好感，那就是我們兩個人的月光談話會忽然增加了許多會員，特別是女會員。漳州本來就是個純樸的小城，每天吃過晚飯以後，除非是教堂舉辦音樂晚會，或者話劇團公演話劇，就沒有什麼地方好去。女同事越來越喜歡參加我們的月光談話會。有月亮的晚上，「和尚」在大院子裡擺的籐椅就不再是從前的一對二了。他把辦公室的籐椅搬出來，擺成一個圓圈。

女同事會帶花生酥來，會帶芒果、荔枝來。和尚總是很誠懇的給大家準備了茶杯、茶葉，交代校工一壺一壺的燒開水。他自己掏錢給校工買木炭，這件事情使經管學校經費的校長非常高興、佩服。和尚不是一個耍賴的人。

在女同事的心目中，我是一個值得敬重的小學究。她們都對我很好，但是我知道她們參加月光談話會並不是為了我。她們歡迎我，是因為我在場可以淨化大家的感情。我像一個哥哥，不妒忌，心裡的那個「大情人」還沉睡不醒。我只不過是喜歡月亮。

有一位長得很美，打扮得很美的最年輕的女同事，平日大家愛護她像愛護一個純潔的小妹妹的，卻好像跟我的同伴特別有緣。我像一個哥哥那樣的為我的小妹妹擔心。小妹妹越是跟我的同伴接近，我的同伴就幾乎是有意的對所有的女同事招呼得更慇懃，更周到。大家高高興興的談話的時候，我特別注意到月光下那個美麗的傷心人。

冬天，對月光談話會來說，是一個淡季。有一天夜裡，我跟我的同伴又坐在大院子裡談天，因為怕冷，身上都蓋著大衣。我很坦白的問他，為什麼要讓我的小妹妹傷心。『多跟她談談，難道你就會有什麼損失啦？她不過是想多認識你。』我說。

『你知道我為什麼要進佛教學院？』他問。

『不知道。』我搖搖頭。

『做出家的準備。』他說。『戰爭結束以後，只要我能回到家鄉，我還要完成我的學業。』

『為什麼？』

『我只有這樣做。』他說。『我母親也同意我這樣做。她打過我，流著眼淚答應我這樣做。入學手續是她替我辦的。她把我捨給菩薩。』他臉上的表情，一片平和寧靜。他的娃娃臉映著月光，看起來那麼純潔可愛，但是他對我講的那個可怕的人生故事，卻幾乎使我想站起來即刻離開他遠遠的。他被人愚弄，做過全世界最骯髒的人。

在十五歲那一年，他已經長得身材高大，像一個大人。父親去世很早，母親為了養育他，跟族裡一位長輩學習經商，經過幾年的奮鬥，成為一位出色的女貿易商人。他的智商很高，是母親的遺傳，他說。初中畢業以後，母親苦心的訓練他，希望他成為這一行的傑出人物；到海外去收帳，談生意，經常把他帶在身邊。十七歲那一年，他已經懂得跑銀行，跑海關，發貨，收帳，打電報，在年齡比他大的女祕書用打字機打出來的商業信函上簽字。

母親把他安置在香港，主持一個辦事處，讓他獨當一面。他有用不完的錢，周圍有一群奉承他的人。他盡情的吃，穿得奢侈，而且被人當大人看待，玩遍了香港所有能玩的地方，從最荒唐的玩到最污穢的。起先，是一個舞女喊他可愛的小弟，邀他住在一起。後來，他成了一群舞女的玩具熊。最後他得了一場可怕的病，成為一個染梅毒的十七歲的大孩子！

『舌頭結痂，揭下來就像一個舌頭模子。』他沉痛的回憶。

母親到香港去把他帶回廈門，給他治好了病，痛打了他一頓，自己也哭了三天。

『我在短短一年多的日子裡，嘗遍了許多人流著口水想過的那種荒唐生活，結果是毀掉了我自己。有一天，我把母親的佛經拿起來念，忽然覺得內心非常平靜，好像一身罪孽忽然洗清了，所以才下決心出家。』他說。

『我用的是你的棉被。你可以完全放心，我的病早已經治好了。我接受你的好意，我知道我不會害了你。我不能接受小妹妹的好意，因為我的心髒過，身體也髒過。我實在不配。她是一個純潔的女孩子。』他說。

我們分手以後，他給過我一封信。我回信跟他大談人生的道理。他從佛學院寄來的最後的信只有四個字：「色即是空」。他修佛已經有了進境。

至於那床棉被，我聽從父親的勸告，還是利用學校鋪石板的大院子，潑些汽油把它燒了。

『他是好人，我們應該相信他的品格；但是病菌是不講品格的。』父親說。

想起那個島

那是一個很小很小的海島，不是那種孤零零的在海浪怒吼聲中瑟縮著，像張牙舞爪的貓群中間一隻小白鴿子的燈塔島；不是地圖上一大片藍色中間一個小黑點兒的那種「滄海一粟」的島。它更小。它是一個很小很小的海島。

它應該叫作「港島」，因為它是在港灣裡。真正的大海，離它還有「十萬八千里」，是它的「遙遠的地方」。

九龍江從它的背後滾滾而來，快撞到它的時候，分成兩股，一左一右，由它兩側流過，跟它告別，歡躍出海。

它只是一個「子島」。它的「媽媽島」，廈門，像一個小鈕釦。它卻只有一顆芝麻那麼一點點兒大。它的母島跟附近的許多小半島，替它在海邊圍成一個「日月潭」。它就是那個「日月潭」裡的光華島。

因為南北語言的差異，南人跟北人對於「出現在水中的陸地」叫法並不一樣。在北人的心目中，大概會認為：南人把島叫作嶼。在南人的心目中，大概會認為：

北人把嶼叫作島。但是忽略了「語言的空間差異」的人，常常喜歡「很不科學」的把「時間和空間的差異」全放在一個鍋裡煮，然後再做一個「非常科學」的整理，規定：出現在水中的陸地，最大的叫「洲」，中等的叫「島」，最小的叫「嶼」，採用三級制。這種「科學」是「很不科學」的。用這種態度去研究語言，必定會產生「語言有問題」的好笑的結論。語言是我們的研究對象，世界上還有對象「不合理」的事情？

只有計算上的錯誤，沒有月球轉錯了的。尋覓新的計算方法，是科學家的事。規定月球應該怎麼轉才合「理」，是上帝的事。

我想起的那個「島」，在家鄉就叫作「嶼」。因為它是一個「島」，所以它叫「嶼」。很好聽的名字：鼓浪嶼。

由它的名稱看起來，「海」的意味是很濃的。我想「鼓」是一個動詞：激起白浪百丈高，這景象多麼雄壯！不過事實上它並不激起白浪百丈高；也不像瀑布下面的一塊大石頭，一年到頭都是溼的。從空中看，它是被海灣裡的海水所包圍，它的四周是有一個浪圈。可是等你降臨島上，你就會發現海水仍然在它的腳下。白浪只是它的珍珠項鍊，是裝飾它的，附屬於它的。

我說不出它是南北幾里，東西幾里，也說不出它的「圓周」。雖然詳細的地圖集裡都附有文字說明，很容易查出來填上，使它更符合現代精神；但是這個海島是「存在」在我的生命史的中古期，在我的童年。童年，大家都知道，數字是不重要的。用數字來描繪，就畫不出我童年的那個海島來了。在童年時代，有好幾次，我在島上「繞場一周」，每一次都有路程太短的感覺。

在島上繞場一周？事實上是不可能的。因為島上每一處使風景畫家心跳的「地角」（或海角），都已經成為成功者們除了青春以外所能買到的「地球上最好的東西」了，每一處地方都帶有「這是我的」的性質。那些別墅，那些我們童年口語裡的「別野」，一片綠，處處聞啼鳥；還有藏在林木深處的潮音，常常在童心裡激起了「我要進去」的衝動。濃密的樹葉像篩子，陽光穿過樹葉縫兒在草地和小徑上撒滿了金錢兒，靜得使人能聽到各種聲音，但是不見一個人影兒。

最迷人的當然還是從遠處傳來的，有節拍的海水沖洗沙灘的聲音。像一個有耐心的母親，打一桶井水，嘩啦，潑在孩子身上，給站在井邊的孩子沖澡。然後又打一桶水，然後又潑在孩子身上……嘩啦，輕輕的。嘩啦，輕輕的，很有節拍的。

由那些排得密密的樹幹縫隙，可以看到林外陽光下的金海，光芒四射。白沙灘享受著「海水浴」。雪白的小「浪帶」由一朵大白花領頭，一波一波的，要湧進樹林裡來。但是它們好像銀幕上的浪，總是在快到眼前的時候就消失了。

我們總是爬在牆頭上靜靜的看，忘了時間，忘了自己已經化成一尊頑童的石像。

那些別墅使「環島」成為不可能。我們沿著沙灘走，遇到「觀海別墅」或「聽潮別墅」，就得折入靜靜的市區或百鳥齊鳴的花園住宅區。別墅圍牆盡頭有沙灘，沙灘盡頭林木深處又有別墅。「環島」有時候是要成為「腹地旅行」的。

不過「腹地」並不是戈壁。腹地是「許多花園洋房構成的大花園」跟一個像玩具城一樣的小市區。那些花園都有很高的圍牆，但是花木出牆，綠意「氾濫」。小馬路兩邊出牆的枝葉，常常在小馬路的空中「接軌」，形成奇怪的穹頂：地上是兩家，天上是一片。小馬路依著地勢，像蛇似的，在林木間蜿蜒前進。這個島上除了嬰兒的娃娃車以外，一年四季聽不到車鈴和喇叭。小馬路的盡頭，常常就是一處庭園：以亭子、假山、魚池跟老樹為主的中國式的幽深庭園，或者以草坪、花圃、噴水池為主的西洋式開朗庭園。一種是設法去遮擋太陽，一種是怕太陽照不到。

這裡有「古剎」，也有「教堂的尖頂」。這裡有兩種墓園，兩種墓碑。有「某某某之墓」，也有「這裡躺的是……」。小馬路通過「東方」，小馬路也通過「西方」。東、西的「細流」在這小島上「匯流」，「交流」，「合流」。走在這小馬路上的孩子，通常都是很「世界大同」的。對他們來說，威尼斯就是上海，亞歷山大就是李世民，凱撒可能就是曹操。

小市區裡有外國水兵喝酒的酒吧，有兼賣小紙老虎給洋人作紀念品的古董店。可是也有賣「蠔仔粥」的小食攤，也有香燭店。這邊是香火很盛的什麼「宮」，石板砌成的大院子裡有說書棚。離它不遠，是「沒有狗被准許」的碧綠碧綠的洋人足球場。

港灣裡，來來往往的，有輪船，也有大帆船；有「興風作浪」的洋行小汽艇，也有「一葉扁舟」的小舢舨。

島上有兩家電影院。一家在放映根據吉卜林的史詩《根加．丁》改編的《古廟戰笳聲》的時候，另一家正在放映國語古典喜劇《唐伯虎點秋香》。

在陽光和濤聲裡長大的孩子，會被送進《納氏英文法》跟《古文辭類纂》的小世界。他們未來的職業是算盤或打字機。他們的一技之長，是「王羲之的書法」或「格式英文速記」。他們都將是「一個模子印出來的」。但是在他們歡樂的童年，在他們的「海水綠到大門前」的家鄉，他們跟大自然有過一次神祕的接觸。也許就是那次神祕的接觸給了他們力量，使他們後來成為海燕，掙脫「保守的引力」，飛進真正的大海洋。

有一個朋友說：『格子用完了，就是文章結束的時候。』讓我們把這一段回憶結束在剛開始的地方吧。

國家圖書館出版品預行編目資料

鄉情 / 林良著. -- 二版. -- 臺北市 : 麥田出版 : 家庭傳媒城邦分公司發行, 2015.07
面；　公分. -- (林良作品集 ; 5)

ISBN 978-986-344-203-5(平裝)

855　　104000240

林良作品集 05

鄉情 經典紀念珍藏版

作者	林良
責任編輯	賴雯琪　林秀梅
校對	吳淑芳　吳美滿　陳瀅如
國際版權	吳玲緯
行銷	陳麗雯　蘇莞婷
業務	李再星　陳玫潾　陳美燕　杻幸君
副總編輯	林秀梅
副總經理	陳瀅如
編輯總監	劉麗真
總經理	陳逸瑛
發行人	涂玉雲

出版　麥田出版
城邦文化事業股份有限公司
104台北市中山區民生東路二段141號5樓
電話：（886）2-2500-7696　傳真：（886）2-2500-1966、2500-1967
E-mail：bwps.service@cite.com.tw

發行　英屬蓋曼群島商家庭傳媒股份有限公司城邦分公司
104台北市中山區民生東路二段141號2樓
書虫客服服務專線：(886)2-2500-7718；2500-7719
24小時傳真服務：(886)2-2500-1990；2500-1991
服務時間：週一至週五09:30-12:00；13:30-17:00
郵撥帳號：19863813　戶名：書虫股份有限公司
讀者服務信箱E-mail：service@readingclub.com.tw
歡迎光臨城邦讀書花園　網址：www.cite.com.tw
麥田部落格：http://www.ryefield.com.tw

香港發行所　城邦（香港）出版集團有限公司
香港灣仔駱克道193號東超商業中心1樓
電話：(852)2508-6231　傳真：(852)2578-9337
E-mail：hkcite@biznetvigator.com

馬新發行所　城邦(馬新)出版集團【Cite(M)Sdn. Bhd】
41, Jalan Radin Anum, Bandar Baru Sri Petaling,
57000 Kuala Lumpur, Malaysia.
電話：(603)9057-8822　傳真：(603)9057-6622
E-mail:cite@cite.com.my

封面繪圖、設計　薛慧瀅
電腦排版　宸遠彩藝有限公司
印刷　一展彩色製版有限公司

初版一刷　1997年12月1日
二版一刷　2015年7月1日
定價／300元

ISBN：978-986-344-203-5

城邦讀書花園
www.cite.com.tw

cite城邦媒體 麥田出版
Rye Field Publications
A division of Cité Publishing Ltd.

廣	告	回	函
北區郵政管理局登記證			
台北廣字第000791號			
免	貼	郵	票

英屬蓋曼群島商
家庭傳媒股份有限公司城邦分公司
104 台北市民生東路二段141號5樓

▼

請沿虛線折下裝訂，謝謝！

讀者回函卡

cite城邦媒體

※為提供訂購、行銷、客戶管理或其他合於營業登記項目或章程所定業務需要之目的，家庭傳媒集團（即英屬蓋曼群島商家庭傳媒股份有限公司城邦分公司、城邦文化事業股份有限公司、書虫股份有限公司、墨刻出版股份有限公司、城邦原創股份有限公司），於本集團之營運期間及地區內，將以e-mail、傳真、電話、簡訊、郵寄或其他公告方式利用您提供之資料（資料類別：C001、C002、C003、C011等）。利用對象除本集團外，亦可能包括相關服務的協力機構。如您有依個資法第三條或其他需服務之處，得致電本公司客服中心電話請求協助。相關資料如為非必填項目，不提供亦不影響您的權益。

□ 請勾選：本人已詳閱上述注意事項，並同意麥田出版使用所填資料於限定用途。

姓名：________________ 聯絡電話：________________

聯絡地址：□□□□□________________

電子信箱：________________

身分證字號：________________（此即您的讀者編號）

生日：____年____月____日 性別：□男 □女 □其他________

職業：□軍警 □公教 □學生 □傳播業 □製造業 □金融業 □資訊業 □銷售業

□其他________________

教育程度：□碩士及以上 □大學 □專科 □高中 □國中及以下

購買方式：□書店 □郵購 □其他________________

喜歡閱讀的種類：（可複選）

□文學 □商業 □軍事 □歷史 □旅遊 □藝術 □科學 □推理 □傳記 □生活、勵志

□教育、心理 □其他________________

您從何處得知本書的消息？（可複選）

□書店 □報章雜誌 □網路 □廣播 □電視 □書訊 □親友 □其他________

本書優點：（可複選）

□內容符合期待 □文筆流暢 □具實用性 □版面、圖片、字體安排適當

□其他________________

本書缺點：（可複選）

□內容不符合期待 □文筆欠佳 □內容保守 □版面、圖片、字體安排不易閱讀 □價格偏高

□其他________________

您對我們的建議：________________

____